KB115226

변혁
1990

30

천지무천 장편소설

FUSION FANTASTIC STORY

변혁 1990 30권

천지무천 장편 소설

초판 1쇄 찍은 날 § 2017년 11월 14일
초판 1쇄 펴낸 날 § 2017년 11월 21일

지은이 § 천지무천
펴낸이 § 서경석

편집책임 § 김경민
편집 § 이종식

펴낸곳 § 도서출판 청어람
등록번호 § 제1081-1-89호
등록일자 § 1999. 5. 31
어람번호 § 제1-2798호

주소 § 경기도 부천시 부일로 483번길 40 서경B/D 3F (우) 14640
전화 § 032-656-4452 팩스 § 032-656-4453
http://www.chungeoram.com
E-mail § chungeorambook@daum.net

ISBN 979-11-04-91541-3 04810
ISBN 978-89-251-3388-1 (세트)

변혁
1990

천지무천 장편소설

30

FUSION FANTASTIC STORY

Contents

Chapter 1

소빈뱅크 뉴욕 지점에 최루탄과 연막탄을 던진 장본인이 다름 아닌 루나였다.

그녀가 소빈뱅크를 방문했던 이유는 룩오일NY에서 보낸 투자 이익금을 받기 위해서였다.

룩오일NY의 지분을 가지고 있는 그녀에게 1년에 두 번 소빈뱅크를 통해 투자 이익금을 보내주었다.

때마침 미국을 여행 중이었던 루나는 뉴욕에 있는 소빈뱅크에 들려 이익금을 찾으려고 했다.

그러다 갱단들에 의해 소빈뱅크가 습격당하는 것을 보았

고 습격을 피해 발걸음을 돌리려고 할 때 내가 은행을 방문한 것을 알게 되었다.

경찰특공대 복장으로 변장한 인물들의 말을 우연히 들은 것이다.

루나는 습격자들이 타고 온 스와트(SWAT) 차량에서 연막탄과 최루탄, 그리고 방독면을 입수한 후 전투가 벌어지는 소빈뱅크에 난입했다.

마지막에 나를 죽이려 했던 피터의 동작을 멈춘 것도 루나였다.

그녀가 아니었다면 소빈뱅크에 머물던 모든 사람들이 위험에 빠졌을 것이다.

"정말 고맙습니다. 생명을 구해준 보답은 반드시 하겠습니다."

"제가 투자한 회사의 회장님이 사라지면 회사가 위태롭게 되잖아요. 그럼 풍족한 투자 이익금을 받지 못하게 되니까 도울 수밖에 없었어요."

어느새 검은 머리로 염색한 루나는 당연하다는 듯이 말했지만 아무나 할 수 있는 일이 아니었다.

자신의 목숨도 위태로울 수 있는 일에 누구나 다 끼어들 수는 없는 일이다.

"앞으로 투자금을 더욱 많이 드려야겠습니다."

"아니에요. 지금도 혼자 쓰기에는 너무 많아요. 깨어난 걸 확인했으니 전 이만 가볼게요. 회장님으로 인해 제 일정이 너무 늦어졌으니까요."

루나의 말처럼 그녀에겐 룩오일NY에 투자한 지분에 대한 이익금을 누구보다 많이 지급하고 있었다.

"언제든지 연락하십시오. 루나 씨가 필요로 하는 것은 뭐든지 들어드리겠습니다."

"알겠어요. 제가 도움이 필요하게 되면 꼭 연락드릴게요. 그럼 전 가볼게요. 가인 씨도 잘 지내요."

"예, 정말 고마워요. 루나 씨도 즐거운 여행 되십시오."

인사를 나눈 루나는 아쉬운 눈빛을 나에게 보내며 병실을 나갔다.

그리고 잠시 뒤 내가 깨어났다는 소리에 예인이를 비롯한 김만철과 티토브 정이 달려왔다.

"오빠! 정말 다행이야."

"깨어나셨군요."

다들 나를 보며 기쁜 표정을 감추지 못했다.

김만철은 멀쩡했지만 티토브 정은 왼팔에 깁스를 하고 있었다.

난 그들을 환한 웃음으로 반겨주었다.

　　　　　*　　　*　　　*

　은행을 처음 습격했던 인물들은 뉴욕 할렘가에 적을 둔 갱단이었다. 하지만 두 번째 경찰로 위장한 인물들 대부분은 미국과 영국 특수부대 출신이었다.

　문제는 습격자 중에서 경찰 복장을 한 부상자들을 인수해 간 FBI들이 가짜였다는 것이 밝혀졌다.

　현장에서 그들을 태운 앰뷸런스는 병원으로 향하지 않았고 곧장 뉴욕을 벗어난 것으로 조사되었다.

　사망한 인물들의 정보 또한 누군가에 의해서 철저히 지워진 상태였고, 습격자들의 정보를 가지고 있는 미국 펜타곤과 미 육군 특수작전사령부는 비밀 유지 조항을 들어 경찰 조사에 협조하지 않았다.

　그때부터 수사는 답보 상태였고 앞으로 나아가지 않았다.

　언론 또한 처음 소빈뱅크의 사태를 일제히 보도했던 거와는 달리 이상하리만치 관심을 두지 않았다.

　또한 철저하게 계획된 습격이었지만 언론은 갱단의 무모한 은행털이에만 초점을 맞추었고, 리먼대학과 브룽스빌에 발생한 폭발물 테러에 관해서 더 관심을 두었다.

　마치 누군가에 의해서 의도적으로 언론이 움직이는 것

같았다.

소빈뱅크의 경비원은 모두 사망했고, 경호원들은 다섯 명이 희생당했다. 나머지 인물들도 크고 작은 부상으로 병원에서 치료를 받고 있었다.

한편으로 러시아는 미국 대사를 외무성으로 불러들여 소빈뱅크 사태에 대해 강력히 항의하고 철저한 조사를 요구했다.

러시아의 언론들은 소빈뱅크에 대한 습격과 부상자들에 대한 기사를 내보내며 미국 치안의 부재를 신랄하게 비판했다.

한국의 언론은 뉴욕의 소빈뱅크가 은행 강도들에게 습격을 받았다는 기사보다는 두 곳에서 발생한 폭발물 테러에 집중하는 모습이었다.

한편으로 나의 부상 소식은 전해지지 않았다.

피를 많이 흘린 나는 혼수상태에 빠져 일주일 동안 깨어나지 못했다.

마지막 피터에게 당한 옆구리 상처가 큰 역할을 한 것이다. 조금만 더 깊숙이 대검이 들어왔으면 내부 장기가 손상되어 영원히 깨어날 수 없었을지도 몰랐다.

"몸은 이제 괜찮은 거야?"

"아직은 내 몸 같지가 않아."

그도 그럴 것이 가인이는 2개월 가까이 병상에 누워 있었다. 그녀는 평소보다도 5kg이나 살이 빠진 상태였다.

의사가 무리하면 위험할 수 있다는 말에도 상관없이 나를 만나기 위해 모스크바에서 비행기를 타고 대서양을 건너왔다.

"그럴 거야. 몇 개월 동안 누워 있기만 했으니까."

"내 걱정하지 말고, 이젠 오빠 걱정이나 해. 의사가 조금만 늦었으면 손을 쓸 수 없었을 것이라고 말했다고."

가인이의 말처럼 피를 많이 흘린 나는 위험한 상황이었다.

같은 혈액형을 가지고 있던 티토브 정이 부상한 상황에서도 헌혈을 해주었다.

여러 사람의 헌신적인 노력이 없었다면 깨어나지 못했을 것이다.

"옆에 있어줘서 고마워."

"알긴 아네."

가인이는 내 말에 미소를 지며 말했다. 깨어나지 못했다면 그녀의 아름다운 미소를 영원히 볼 수 없었을 것이다.

"꿈에서 널 봤어. 아주 비참하고 슬픈 꿈이었는데, 네가 거기서도 나에게 힘을 주었어."

"어떤 꿈이었는데? 나도 깨어나기 전에 오빠를 꿈에서 봤어. 오빠가 아주 슬픈 모습으로 산으로 가는 것을……."

가인이가 깨어난 때는 내가 정신을 잃고 쓰러진 순간이었다고 한다.

그녀 또한 아주 긴 꿈을 꾸었고, 꿈속에서 나를 보았다.

그녀의 꿈에서 나타난 나는 지금의 모습이 아닌 중년의 모습이었고, 모든 것을 포기하려는 모습이었다고 했다.

"이상하게 오빠를 따라잡을 수가 없었어. 왜 그런지는 모르겠지만 분명 오빠가 극단적인 선택을 할 것이라는 생각이 들었거든. 어떻게든 오빠를 말려야겠다는 생각에……."

가인이의 꿈 이야기는 내가 꾸었던 꿈속에서의 나의 옛 모습과 너무 비슷했다.

"한데 꿈속에서 예인이가 나에게 우산을 건네주자 오빠가 있는 곳을 갈 수 있었어. 우산을 쓰지 않으면 비가 내리는 곳으로는 갈 수가 없어……."

가인이의 꿈 이야기를 듣고 있자니 나도 꿈이 더욱 선명하게 그려졌다.

"벼랑 끝에서 떨어지는 오빠의 손을 간신히 잡자마자 깨어날 수 있었어."

"꿈에서조차 내가 가인이와 예인이의 도움을 받은 거네."

"그렇긴 한데. 왜 그런 꿈을 꾸었는지 모르겠어."

"날 살리려고 그랬던 거야. 내 꿈속에서 너의 목소리가 아니었다면 난 그냥 눈을 감으려고 했으니까. 너의 목소리를 듣는 순간 차가워진 내 몸이 따뜻해지는 느낌이었어."

꿈속이었지만 너무도 생생했다.

다시는 경험하고 싶지 않았던 비참함과 좌절감이 온몸을 짓누르고 갉아먹는 것만 같았다.

죽음을 당연하게 생각했던 그때 가인이의 등장은 모든 것을 바꾸어놓았다.

"오빠도 날 살렸어. 기억이 잘 나지는 않지만, 꿈속에서 오빠가 걸어가고 있는 곳이 너무 어둡고 굉장히 무서웠어. 마치 세상 어둠이 다 몰려온 것 같았으니까. 그런데 오빠의 손을 붙잡았을 때 두려움을 주었던 어둠이 모두 물러갔어."

가인이는 내 손을 들어 자신의 얼굴로 가져가며 말했다.

"꿈속에서도 서로를 돕는 걸 보면 우린 천생연분인가 보네."

"당연히 천생연분이지. 하지만 날 이렇게 힘들게 하는 게 벌써 두 번째야. 이런 식으로 살다가는 내가 제명대로 살지 못할 것이 분명해."

가인이의 말처럼 삶과 죽음의 갈림길에서 다시금 삶을 선택한 것이 두 번째였다.

하지만 이러한 일이 또다시 일어난다면 오늘 같은 일은 없을 것이라는 생각이 들었다.

"미안, 앞으로는 내가 지켜줄게."

"미안한 걸 알면 다시는 이런 일이 없게 해. 안 그러면 옆에 붙어서 어디든지 따라다닐 테니까."

"그것 좋은 생각인데."

"정말 원하면 그렇게 해줄 수 있어."

내 말에 가인이의 원래의 표정이 나왔다.

"하하하! 흑!"

가인이의 표정에 웃음이 나왔지만, 곧바로 옆구리 쪽에서 통증이 밀려왔다.

"괜찮아? 의사를 부를까?"

가인이가 놀란 표정으로 물었다.

"괜찮아. 웃으니까 다친 옆구리가 당겨서 그래."

"내가 옆에 있으니까 좋지?"

"그걸 말이라고 해. 당연히 좋지."

"나도 오빠 옆에 있으니까 너무 행복해."

가인이는 내가 누워 있는 침상에 머리를 기대었다. 한데 나를 바라보는 그녀의 눈에 또르륵 눈물이 흘러내렸다.

"행복하다며 왜 울어?"

'나만 행복하면 안 되니까······.'

가인이는 정신을 잃어버렸을 때 예인이가 병간호를 하며 무심코 했던 말들을 꿈속에서 들었다.

예인이가 가지고 있는 슬프고 아픈 감정들을…….

"너무 좋으니까 눈물이 나네."

"앞으로는 절대 가인이의 눈에서 눈물이 흘리지 않게 해줄게."

난 가인이의 길어진 머리를 매만지며 말했다.

"고마워."

가인이가 옆에 있다는 것이 얼마나 큰 힘과 용기를 주는지 새삼 알게 된 날이었다.

뉴욕 프레스비테리안 병원에 입원 중인 나는 한국의 가족들에게는 연락을 하지 말라고 부탁했다.

중상을 당한 것을 알면 엄마가 큰 충격을 받을 수 있었다. 더구나 미국에 있는 병원을 방문하기 위해 장시간의 비행기를 타고 오기에는 아버지의 건강도 조금은 문제였다.

프레스비테리안 병원은 2천여 명의 입원 환자를 수용할 수 있는 곳으로 미국 내 병원 중 10위권 안에 들어가는 종합병원이다.

이곳은 코사크와 룩오일NY의 경호실에서 파견된 오십 명의 경호원들에 의해 철저하게 경호되고 있었다.

병원에서 퇴원하려면 적어도 보름은 더 입원해야만 했다.

하지만 일주일 뒤 러시아의 소빈메디컬로 이송 준비를 하고 있었다.

미국에서보다 러시아가 더욱 안전하기 때문이었다.

더구나 뉴욕 경찰의 조사 형태가 왠지 미덥지 못한 것도 하나의 이유였다.

미국에서 가장 많은 경찰을 보유하고 있는 뉴욕이었지만 수사의 초점은 갱단에 맞춰져 있었다.

경찰은 어느 순간부터 습격자들의 목표가 나를 죽이기 위한 것이 분명함에도 은행을 털려는 목적으로 몰고 갔다.

더구나 경찰복으로 위장했던 2차 침입자들에 대한 수사는 전혀 진전이 없었다.

목격자들의 증언을 통해서 밝혀진, 은행을 빠져나간 두 명의 경찰특공대 행방에 대해서도 오리무중이었다.

"뉴욕 경찰은 수사에 대한 의지가 전혀 없습니다."

루슬란 비서실장은 경호대와 함께 뉴욕으로 날아왔다.

"그들도 꼭두각시에 불과하니까. 이번 일로 인해서 확실히 느끼게 되었어. 미국을 움직이고 있는 곳이 백악관이 아니라는 것을 말이야. 처음 나에게 협조를 요청하던 미지의 세력에게 있어서 나란 존재는 반드시 제거해야 할 대상이

된 거야."

러시아를 손에 넣으려고 장기간에 걸쳐 치밀하게 계획했던 쿠데타가 나로 인해 엉뚱한 방향으로 전개되었고, 자신들의 수중에서 관리되던 블라디미르 푸틴이 비밀리에 나와 손을 잡았다.

더구나 어느 누구도 예상하지 못했던 나의 등장으로 인해 러시아의 막대한 자원을 노렸던 로스차일드와 록펠러 가문의 산하 기업들은 고배를 마셨다.

더구나 지금의 나는 단시간 내에 러시아의 경제를 손에 넣다시피 했다.

그 여파는 상당했고, 세계 경제를 움직이는 세력들에게는 갑작스러운 돌발 변수가 되었다.

그 변수의 여파가 소빈뱅크에 의해 영국 파운드화와 일본의 엔화를 노리던 환투기 세력의 이익을 반감시키는 일로 이어졌다.

다시 말해 두 가문의 지배 아래에 있는 환투기 세력의 이익을 소빈뱅크가 가져간 것이다.

"코사크 정보센터와 FSB(러시아연방안전국)에서 회장님을 노린 세력에 대한 조사에 들어갔습니다. 미국 내에 있는 FSB 요원들이 집중적으로 동원되고 있습니다. 어느 정도 시간은 걸리겠지만, 반드시 실체를 밝혀낼 것입니다."

"코사크 정보센터에 지시를 내려 미국 내 활동 요원을 확보하라고 해. 미국 내 사업을 계속할 수밖에 없는 상황에서 하루라도 빨리 위험 요소를 확실히 찾아내야 하니까."

아무리 거대한 적이 앞길을 막아도 난 절대 물러서지 않을 생각이다.

그들은 날 너무 과소평가했다.

미래를 선점해 가고 있는 나를 말이다.

Chapter 2

일주일 뒤 미국 뉴욕을 떠나 모스크바로 향했다.

전용기에는 의료 장비들이 실렸고 소빈메디컬에서 파견된 담당 주치의가 동행했다.

나를 열심히 간호해 주었던 가인이와 예인이는 한국으로 돌려보냈다.

가인이는 내 곁을 지키고 싶어 했지만, 그녀 또한 하루라도 빨리 몸을 회복해야 하는 상황이었다.

한편으로 학교 문제도 해결해야만 했기 때문이다.

대신 송 관장의 집을 떠나 우리 집에 머물기로 했다. 그

곳에서 어머니와 예인이가 함께하는 것이 몸을 추스르는
데 적격이었다.

필요하면 김만철 부인인 송이 엄마의 힘을 빌릴 수도 있
기 때문이다.

송 관장만이 홀로 집에 계속 머물기로 했다.

우리 집까지는 걸어서 오갈 수 있는 거리였기 때문에 송
관장도 큰 불편은 없었다.

소빈뱅크는 지금의 자리에서 벗어나 앞쪽 건물로 이전하
기로 했다.

많은 사람이 죽어나간 자리에서 영업을 계속한다는 것이
꺼림칙했고, 경비를 강화할 목적이기도 했다.

소빈뱅크가 이전할 곳은 30층으로 새롭게 증·개축이 이
루어진 건물이었다.

기존 건물보다 크고 넓어 1층, 2층만을 임대하기로 계약
했다. 2층에도 외부로 통하는 비상문을 설치해 만약의 사태
를 대비하기로 했다.

소빈뱅크가 입은 피해는 보험으로 모두 처리되었고, 부
상자와 사망자의 보상도 보험사를 통해서 이루어졌다.

그와는 별도로 소빈뱅크 내에서 사망자와 부상자에게 위
로금을 전달했다.

소빈뱅크 뉴욕 지점은 현지 경비원과 별도로 코사크에서
도 경비원을 파견하기로 결정했다.

다행스러운 것은 은행 직원들과 고객 중에서는 사망자가
나오지 않았다는 것이다.

이번 사태로 인한 변화는 뉴욕의 경찰들을 지휘하던 브
래턴 뉴욕 경찰국장이 해임된 것뿐이었다.

사건이 일어나고 일주일이 흘러가자 뉴욕은 이번 사건을
완전히 잊은 것처럼 새로운 사건과 뉴스들이 넘쳐났다.

*　　*　　*

세계무역센터에서 뉴욕을 찬찬히 내려다보고 있는 사내
가 있었다.

40대 초반으로 보이는 인물은 타고난 기품이 서려 있었
다. 그는 마스터라 불리며 미국은 물론 세계 경제의 절반을
좌지우지하고 있는 인물이었다.

"표도르 강이 뉴욕을 떠났습니다."

고급 슈트를 차려입은 인물이 조심스럽게 사내에게 보고
했다.

"정말 억센 운을 가진 놈이군. 이번이 벌써 네 번째, 아니
지, 이스트 쪽에서도 시도했었으니 다섯 번째가 되겠군."

모로코와 DR 콩고, 체첸공화국, 그리고 뉴욕에서 표도르 강을 노렸지만 실패했다.

표도르 강이 처음 모스크바에서 안동식의 습격을 받았을 때는 마스터의 지시가 아니었다.

"표도르 강은 앞으로 더욱 조심해서 움직일 것입니다. 그리고 코사크와 FSB가 조사에 들어갔다고 합니다."

"음, 놈의 손발을 먼저 잘랐어야 했는데. 증거는 남기지 않았겠지?"

"예, 관련자들은 모두 사라졌습니다."

"당분간은 놈에게 의심될 만한 상황을 만들지 않도록 해. 표도르 강이 러시아에서 움츠리고 있으면 불곰을 흔들어놓는 게 어려울 수 있으니까."

"예, 그렇게 하겠습니다."

"태국은 어떻게 되어가고 있나?"

"이스트와 함께 투자금을 늘리고 있습니다."

"태국을 통해서 동남아시아와 한국, 그리고 러시아를 잡아야 해. 일본이 한국을 돕지 않도록 신경을 써. 그게 우리가 담당할 일이니까."

"예, 준비를 잘하고 있습니다."

마스터의 뒤에서 대답하는 인물은 JP모건을 실질적으로 운영하고 있는 윌리엄 로즈 부회장이었다.

모스크바로 돌아온 나는 치료에 전념했다.

소빈뱅크 뉴욕 지점은 새롭게 문을 열어 이전처럼 고객을 맞이했다.

소빈뱅크는 나의 지시를 바탕으로 미국의 벤처기업에 대한 더욱 공격적인 투자를 단행했다.

역사의 흐름을 크게 바꾸지 않기 위해서 자제했던 일들을 이제는 서슴없이 진행할 생각이다.

이전의 삶에서 나를 망치고 이 나라를 망친 세력들을 이대로 둔다면 대한민국은 미래가 없었다.

상대적인 빈부의 격차보다도 더 큰 문제는 사람들의 인식과 관점이 외환 위기를 겪고 난 후에 완전히 달라졌다는 것이다.

이 땅에 태어난 사람들이라면 누구나 다 어린 시절 꿈을 꾸고 미래를 향해 도전한다.

하지만 출발 선상과 세상을 보는 인식이 달라진 대한민국에서의 도전은 가진 자와 없는 자의 차이가 하늘과 땅의 차이처럼 크게 벌어졌다.

또한 상아탑에서 미래를 바꾸고 정의를 부르짖던 옛 대

학가의 정취는 사라졌다.

꿈을 먹고 사는 젊은이들이 몰려드는 곳은 노량진에 밀집된 각종 공무원과 자격증 학원가로 바뀌었다.

어느 순간부터 대한민국의 젊은이들은 미래에 대한 도전보다는 안정적인 공무원과 대기업만을 선호하고 현실에 안주하기 시작했다.

어찌 보면 도전이라는 말이 사치스럽고 현실을 모르는 말로 치부된 것인지도 모른다.

이러한 현상은 활력을 잃고 몰락하는 사회의 전형을 보는 일이었다.

"음, 태국부터 시작되었지."

소빈뱅크에서 작성한 보고서를 병상에서 읽고 있었다.

태국은 자국의 경제 부흥을 위해 1993년 기업의 해외 차입을 허용했다.

태국의 자본 유입은 1996년까지 초기 50억 달러에서 460억 달러로 10배 증가했다.

해외 차입의 급증은 태국의 환율 제도와 고금리가 그 이유였다.

태국의 환율 제도는 외자도입을 가속하기 위해 복수 통화 바스켓 제도를 운용하고 있었다.

미 달러를 중심으로 하는 주요 선진국 통화(엔화, 마르크,

파운드)를 바스켓(바구니)에 넣어 통화군(群)을 구성하고, 가치가 변할 경우 각각 교역 가중치에 따라 바트화의 환율에 반영시키는 제도로 태국은 이를 통해 환율 안정책을 추진하고 있었다.

이 방식은 자국 통화의 가치가 달러화 같은 특정 외국 통화에 고정되는 것이 아니라 바스켓에 포함된 여러 통화의 가치 변화에 따라 환율이 탄력적으로 변동하게 되므로, 특정 통화가치가 급격하게 상승 또는 하락해도 그 충격을 완화할 수 있다.

한편으로는 물가 상승률 등 국내 경제 변수를 반영할 수도 있다.

"태국의 경상 적자가 다른 동남아시아보다도 크군."

동남아 통화는 80년대 이후 외자 유입으로 90년대 중반 들어 상당히 고평가되어 있었고, 이에 따라 이들 국가의 경상수지 적자는 GDP의 6~8%에 달하고 있었다.

더구나 90년대 들어 중국이 외국인 직접투자의 주요 대상으로 급격히 부상했고, 중국산 저가품들이 글로벌 시장에서 동남아산 저가품을 급속도로 밀어내고 있었다.

동남아 국가들의 경쟁력은 날로 약화되고 있었다.

인도네시아의 경상 적자는 90~95년까지 GDP의 -2.2%였고, 말레이시아는 -6.1%, 필리핀은 -3.8%, 태국은 -6.6%

의 대규모 적자를 기록하고 있었다.

96년 태국에서 예상되는 경상수지 적자 폭은 -8%로 보고 있었다.

이는 94년 외환 위기를 겪었던 멕시코의 -7.8%를 넘어서는 폭이었다.

대규모 경상수지 적자에도 불구하고 이들 동남아 국가의 통화가치는 정부의 개입과 자국 내 금융기관 및 기업들의 차입 증가로 안정적으로 유지되고 있었다.

"곧 터질 폭탄을 안고 있는데도 대비를 전혀 하고 있지 않으니. 음, 그건 한국도 마찬가지겠지."

소빈뱅크의 보고서에 나타난 동남아시아의 주요 경제지표들은 빨간 불이 들어와 있었다.

하지만 95년 말인 지금, 태국을 비롯한 동남아시아 국가들의 경제는 평온했다.

한편으로 태국의 은행과 금융회사들은 해외 차입과 국내 대출 간의 높은 금리 차이를 이용하여 6~8%에 해당하는 외화 표시 외국 차관(대외채권)을 들여와서 자국 내 기업과 개인들에게 바트화로 14~20% 고금리 대출을 하고 있었다.

이런 돈벌이에 한국 내 금융기관들도 가세하여 단기자금을 들여와 장기로 동남아에 빌려주는 형태를 취했다.

"신의주 지점의 대출이 늘어나고 있습니다."

소빈뱅크 은행장인 이고르의 말이었다.

신의주 특별행정구에 진출한 국내 기업들은 생산량을 늘리기 위해서 공장을 더욱 확장하고 있었다.

초기 공장 설립 당시에도 소빈뱅크 신의주 지점에서 대출을 받고 공장을 지은 회사들이 대다수였다.

"담보는 확실히 하고 있겠지?"

"물론입니다. 말씀하신 대로 공장 부지와 건물을 철저하게 평가한 후에 이루어지고 있습니다."

특별행정국에 진출한 기업들은 독점적인 계약을 맺은 소빈뱅크에서만 대출을 받을 수 있었다.

공격적인 대출을 펼치고 있는 소빈뱅크는 국내외 다른 은행들과 비교해도 대출 이율이 저렴한 편이었다.

한편으로 소빈뱅크의 대출을 이용했던 기업들은 원화 대출보다 저렴한 달러 대출을 주로 이용했다.

더구나 외화 대출은 고정 금리가 아닌 변동 금리였다.

환율이 안정화된 지금 외화에 대한 변동 금리는 무척 저렴했다.

"내년 중반기부터 원화에 대한 달러 가격은 급속하게 올라갈 거야. 다들 지금 받은 달러 대출에 대한 이자를 감당할 수 없게 되겠지."

아직 위기를 감지하는 정부 기관이나 금융기관이 없었다. 세계 경제도 탄탄하게 성장세를 이어가고 있었고 수출과 내수도 이상 징후를 나타내지 않았다.

1995년 국내총생산(GDP) 증가율은 9.3%로 예상하였고, 내년은 이보다 2% 낮은 7~7.5%를 바라보고 있었다.

올해 높은 GDP 증가율은 보인 요인은 국내에 설비투자 붐이 일어났기 때문이다.

신의주 특별행정구의 설비투자를 필두로 해서 남한에도 대규모의 신규 공장 설립과 증설이 이루어졌다.

"예, 특별행정구 내의 많은 공장과 건물들이 저희 쪽으로 넘어올 것입니다."

이고르 은행장의 말처럼 신의주 특별행정국에 진출한 기업들의 공장과 건물이 소빈뱅크로 넘어올 것이다.

신의주 지점은 내년 초부터 부실채권을 담당하는 부서를 확대할 예정이다.

장밋빛 미래만을 바라보며 감당할 수 없는 빚을 진 기업들은 값비싼 대가를 치를 것이다.

소빈뱅크는 담보가 있어도 과도한 빚을 진 기업들에 대한 대출은 피했다.

"신의주 특별행정구는 남북한이 어려움을 극복하고 새롭게 태어날 수 있는 토대가 되어줄 거야. 러시아에 대한 준비도 잘 되어가고 있겠지?"

러시아 또한 동남아시아를 비롯한 한국보다도 더 취약한 경제구조를 가지고 있었다.

한국은 97년에 발생하는 외환 위기가 러시아는 1년 후인 98년에 닥친다.

그 이유는 아시아 주요국들의 외환 위기로 인해 아시아 경제가 급격히 침체되면서 국제 원자재 가격이 동반 폭락하기 때문이었다.

이로 인해 원자재 수출에 주로 의존해 오던 러시아와 중남미 경제가 빠르게 악화되어 갔다.

"예, 만만의 준비를 대비하고 있습니다."

"룩오일NY 산하 기업에 대한 리스크 관리도 내년부터 더욱 강화하게."

이고르 은행장과 함께 보고하던 루슬란 비서실장에게 지시했다.

"예, 말씀하신 대로 진행하겠습니다."

"러시아 주요 기업들의 자금 상황들도 지금부터 면밀히 검토해. 우리 쪽으로 넘어올 예상 기업체들도 미리 선별해 놓고."

외환 위기는 러시아의 핵심 기업들을 인수할 절호의 기회이자 룩오일NY가 국가 경제를 좌우할 수 있는 위치로 올라서는 계기가 되는 때이기도 하다.

"예, 알겠습니다."

누구도 넘볼 수 없는 러시아 내 거대 경제 제국을 만들기 위한 시발점을 올해부터 준비에 들어가고 있었다.

소빈뱅크를 중심으로 경제 위기 태스크포스(TF)팀이 가동되었다.

한편으로 소빈뱅크 내 금융센터를 통환 외환 거래와 선물, 유가, 원자재, 주식거래를 통해서 막대한 자금을 충원하고 있었다.

러시아와 DR콩고를 포함한 중부아프리카연합, 칠레, 호주, 중국, 북한의 원자재까지 관리하는 닉스코어는 소빈뱅크를 통해서 거래가 이루어졌다.

이를 바탕으로 국제 원자재 가격까지 조정할 수 있는 위치에 올라선 소빈뱅크는 현금 보유량이 3백억 달러를 향하고 있었다.

어떤 금융기관도 미래를 바탕으로 한 소빈뱅크의 투자 전략을 따라오지 못했다.

더구나 큰돈이 형성되자 더욱 막대한 자금을 벌어들였고, 한 나라의 중앙은행을 무릎 꿇게 만들 힘을 발휘했다.

세상을 동서로 나누어 자신들의 발아래로 두려 하는 로스차일드와 록펠러 가문 휘하의 거대 금융기관들은 연속된 경제 위기를 인위적으로 만들어내고 있었다.

아이러니하게도 소빈뱅크는 그 위기를 바탕으로 막대한 자금을 벌어들였다.

지금까지 소빈뱅크가 진행한 투자에서 단 한 번의 실패도 일어나지 않았다.

실패가 없는 불패 은행으로 불리기 시작한 소빈뱅크는 세계 금융가에 큰 파문으로 일으키며 러시아의 자랑으로 우뚝 올라섰다.

Chapter 3

　러시아에 도착한 후 열흘이 지나자 병상에서 일어나 소빈메디컬센터 내에 있는 공원을 산책할 수 있었다.

　걸음을 옮길 때마다 옆구리가 쑤시기는 했지만 걷는 데는 지장이 없었다.

　"괜찮으십니까?"

　천천히 옆에서 따라오는 티토브 정이 물었다. 김만철은 잠시 가족들을 살펴보러 한국으로 나가 있었다.

　"예, 조금 옆구리가 불편한 느낌은 있지만, 문제는 없습니다. 10분만 더 걷다가 들어가지요."

내 주변으로는 스무 명의 경호원들이 주변을 살폈다.

소빈메디컬 옥상에도 다섯 명의 경호원들이 망원경으로 주변을 살폈다.

"알겠습니다. 너무 무리는 하지 마십시오."

티토브 정의 앞쪽으로는 한국에 나가 있던 드미트리 김이 함께하고 있었다.

드미트리 김은 경호에 일가견이 있는 인물로 김만철을 대신하기 위해 이틀 전 모스크바에 도착했다.

병원 곳곳에도 코사크 경비대원들이 철저하게 경비를 서고 있었다.

모스크바는 뉴욕과는 다르지만 그렇다고 안심을 할 수는 없었다.

뉴욕에서 벌어진 습격 사태는 다시금 경호 시스템을 한층 더 끌어올렸다.

룩오일NY와 닉스홀딩스 내에 새롭게 경호실을 신설했다.

경호실을 책임지는 인물은 김만철이 임명되었다.

경호실장은 이사급으로, 김만철의 밑에는 257명의 경호실 직원들을 두었다.

이들 직원은 경호본부와 지원본부로 나누어져 있었다.

지원본부를 책임지게 될 세 명의 부실장에 아르까디와

티토브 정, 그리고 드미트리 김이 임명되었고, 그 밑으로 열 명의 팀장들이 있었다.

아르까디 부실장은 러시아 대통령 경호실에서 근무했던 인물이다.

경호실은 내가 이용하는 차량과 주거지에 대한 경호는 물론 외국 방문과 경호 행사와 연관된 모든 상황을 주관한다.

이는 웬만한 나라의 국가수반을 경호하는 경호실 수준이었다.

병상에서 몸을 회복하는 동안 룩오일NY 산하 기업들의 운영 상태를 전반적으로 점검했다.

올해만 해도 네 개의 회사를 인수했고, 불필요한 회사는 매각했다.

늘어나는 회사로 인해 룩오일NY의 덩치는 더욱 커졌다.

회사가 커질수록 필요한 인력들을 계속 채용했고 시설 투자도 이루어졌다.

회사 내에 자금이 풍부해지자 다른 러시아의 회사들처럼 중복 투자와 방만한 형태의 자금 집행이 보이기 시작했다.

"알로사와 부란이 불필요한 경비 처리가 가장 많았습니다. 필요하지도 않은 장비와 물품을 사들이는 것도……."

룩오일NY 감사실을 맡고 있는 트레포프 감사실장의 보고였다.

감사실은 오십 명으로 직원들이 늘어나 있었다.

이곳에서 룩오일NY의 산하 기업들의 부정과 방만한 운영을 감시했다.

"많이 고쳐졌다고 여겼는데 아직도 여전하군. 해당 직원들을 모두 해고하고, 회사에 손해를 끼친 금액을 모두 받아내."

서류에 적인 항목들은 가지가지였다.

부서에 할당된 자금을 다 쓰기 위해서 불필요한 생활용품들을 회사 자금으로 구매하는 사례도 많았고, 회사에서 지급되는 출장 경비로 술집을 이용하고는 엉뚱한 영수증을 첨부한 사례도 적지 않았다.

"예, 곧바로 조치하겠습니다."

"해당 부서의 부서장에게는 경고하고 한 번 더 이런 사태가 일어나면 모두 사표를 받아내."

러시아에서 직장에 다닌다는 것은 행운이었다. 더구나 러시아 최고 기업인 룩오일NY의 계열사라면 그건 큰 축복을 받았다고 할 수 있었다.

경제 한파와 함께 차디찬 초겨울 바람이 불어오는 요즘, 러시아에서 직장을 잃는다는 것은 먹고사는 것을 떠나 삶을 헤쳐 나가기가 무척 힘들다는 뜻이었다.

러시아의 경제는 조금씩 나아지고는 있지만, 일반 사람들은 아직도 고물가와 높은 실업률로 인해 고통을 받고 있었다.

"서류를 조작하거나 고의로 파손하는 사람들은 코사크에게 인계해서 처리해."

엄격하게 처리하지 않으면 부정은 회사 내에 지속적으로 만연되기 때문이다.

"예, 말씀대로 진행하겠습니다."

감사실의 권한은 비서실 못지않았다.

모든 계열사를 내 허락 없이 감사할 수 있었다.

이사급의 조사는 트레포프 감사실장의 판단에 따라 조사할 수 있었고, 대표이사급은 나에게 사전 보고가 필요했다.

각 계열사 내에도 감사실이 대표이사 직속으로 설치되어 있었다.

실력이 부족해서 발생한 실수는 용서할 수 있었지만, 부정으로 인해 발생한 문제는 가차 없이 책임을 물었다.

룩오일NY와 계열 회사들에서 해고되면 러시아 내 다른 회사에 들어가는 것은 거의 불가능했다.

*   *   *

병원에 입원해 있는 동안 러시아의 정관계 인사들이 나를 방문했다.

러시아 옐친 대통령을 필두로 해서 러시아 연방총리와 부총리, 그리고 국회의장과 각 당의 당수들까지도 나를 찾아왔다.

러시아의 권력자들 대다수가 날 찾아왔다고 봐야 했다.

특히나 블라디미르 푸틴이 찾아와 앞으로의 일정에 관해 나와 상의했다.

나는 그를 보리스 옐친 대통령에게 소개했고, 옐친은 푸틴을 상트페테르부르크에서 모스크바로 불러들였다.

푸틴은 내년부터 대통령 총무실 부실장으로 크렘린에서 근무하게 되었다.

"도움에 감사드립니다."

푸틴은 중앙으로의 진출을 원했다. 하지만 그의 발목을 잡는 것은 KGB에서의 행적이었다.

동독에서 근무하던 시절 푸틴은 서방의 첩보원이 설치한 그물에 걸려 불미스러운 일을 저질렀다.

그에 대한 사건 일지가 KGB에 보관되어 있었고, KGB가 연방방첩국(FSK)에서 러시아연방안전국(FSB)로 넘어가는 과정에서 코사크로 정보가 이관되었다.

물론 FSB에 보관되어 있던 푸틴의 행적은 삭제되었다.

크렘린의 인사 시스템에 걸리지 않았던 이유도 거기에 있었다.

"하하하! 우린 평생 함께할 동반자입니다. 러시아를 다시금 미국과 어깨를 나란히 할 수 있도록 만들어야 하지 않겠습니까?"

"물론입니다. 오늘의 러시아가 이처럼 굴욕적으로 힘이 약해진 것은 모두 서방 세력의 악의적인 획책 때문입니다. 지금도 러시아의 앞길을 막으려고 회장님을 공격한 것입니다."

푸틴은 어렴풋이 서방 세력 이면에 도사리고 있는 세력들을 감지하고 있었다.

러시아에서 쿠데타가 일어날 때 서방의 정보 조직은 체계적으로 움직였다.

이미 사전에 쿠데타 정보를 구체적으로 입수했었다는 말까지 돌았다.

"틀린 말씀이 아닙니다. 제가 조사한 바로도 서방의 금융 세력은 러시아의 힘을 더욱 떨어뜨리기 위해 경제적인 위협을 준비하고 있습니다."

"그게 어떤 것인지 알 수 있겠습니까?"

푸틴은 내 말에 눈이 커지며 궁금해했다. 푸틴은 국제 정세와 러시아 내 정보가 부족했다.

나는 코사크를 통해서 푸틴에게 정보를 전달했던 구

KGB 요원들과 러시아연방안전국 내 요원들을 정리했다.

물론 푸틴은 알지 못하는 일이었다.

그에게 전달되던 정보들이 차단되자 푸틴은 더욱 나를 의지했다.

"아직은 뚜렷한 상황이 전개되지 않고 있습니다. 소빈뱅크가 예측하기로는 내후년에 큰 위기가 러시아에 닥칠 것 같습니다. 더욱 확실한 움직임이 보이게 되면 알려 드리겠습니다."

"알겠습니다. 저는 강 회장님을 믿습니다. 말씀하신 대로 러시아의 경제는 강 회장님이 책임져 주십시오. 저는 정치적인 안정과 대외 문제에 힘을 쏟겠습니다."

난 그의 말에 대답 대신 고개를 끄덕였다.

푸틴의 꿈과 야망은 컸다.

그의 바람대로 중앙에 진출했지만, 푸틴은 절대 여기서 멈추지 않으리라는 것을 잘 안다.

물론 나 또한 푸틴에게 정보를 주고 그를 밀어줄 것이다.

*   *   *

한라그룹이 닉스정유의 국내 계약자로 선정되었다.

공개적인 입찰에서 한라그룹이 대산그룹을 비롯한 다른

기업들보다 더 좋은 가격을 제시했기 때문이다.

한라그룹은 정태술의 지시로 경쟁 기업보다 입찰 금액에 5백억을 더 써넣었다.

물론 최종 계약 금액에 대한 것은 공개되지 않았다.

자금이 부족한 한라그룹에서 주유소 사업에 큰 기대를 걸고 있다는 것을 방증하는 일이었다.

"하하하! 잘했어."

최종 계약자로 선정되었다는 소식에 정태술은 입이 찢어질 정도로 크게 웃었다.

"한데 금액을 너무 많이 제시한 것이 아닌지 모르겠습니다."

김응석 비서실장이 기뻐하는 정태술과 달리 조금은 우려스러운 표정으로 물었다.

"걱정하지 마. 기름 장사는 어떻게든 남는 장사야. 닉스 정유가 요구한 대로 전국적인 체인망을 빨리 구축해. 자금은 계획한 대로 한라에너지 주식과 부동산을 담보로 잡고."

정태술은 대수롭지 않게 생각했다.

그동안 국내 정유 회사들인 유공(SK에너지)과 쌍용정유(S-OIL), 현대정유(현대오일뱅크), 호남정유(GS칼텍스)는 큰 힘 들이지 않고 앉아서 돈을 벌어들였다.

국내 자동차 산업의 큰 성장과 함께 해마다 정유 회사와 주유소들도 높은 성장률과 이익을 보였다.

더구나 기존에 한정된 주유소 숫자로 인해서 알게 모르게 가격 담합도 심했다.

"회장님의 말씀대로 주유소 사업은 이익이 보장된 사업입니다. 저희가 조사한 바로는 3년 안에 지속적인 흑자를 예상합니다. 더구나 3년 후부터는 닉스정유의 공급가격을 지금보다도 8% 저렴하게 공급해 주기로 했습니다."

계약을 끌어낸 이정운 한라에너지 대표가 자신 있게 대답했다.

"하지만 현 그룹 상황에서 초기 사업 자금이 너무 많이 들어가는 것이 아닌지 모르겠습니다."

닉스정유에 지급하는 돈과 전국 주유소 체인망 건설 사업에 7천8백억이 들어갈 예정이다.

문제는 사업이 시작되면 계획된 자금보다도 더 들어가리라는 것이 비서실의 예상이었다.

"3년만 버티면 돼. 3년 후부터는 해마다 천억 원씩 거저 떨어져. 그 금액은 시간이 지날수록 늘어날 테고."

정태술은 주유소 사업이 성공할 것이라는 자신감이 있었다.

문제는 김웅석의 말처럼 소요되는 자금이 만만치 않다는 점이다.

"저희에게 밀린 대산그룹은 주유소를 운영하는 미륭상사와 접촉하는 중입니다. 대산이 주유소 진출을 어떻게든 하려는 것 같습니다."

미륭상사는 서울과 수도권 일대 32개의 주유소를 가진 회사였다.

지난해 매출액이 1천1백억에 이를 정도로 알짜배기였다.

거리제한제가 폐지된 지금 올해 말부터 내년까지 3천여 개가 넘는 신규 주유소가 신설될 것으로 보고 있었다.

"하하하! 내 생각이 틀리지 않았어. 대산이 포기하지 않고 움직이고 있다는 것은 돈 냄새를 맡았기 때문이야. 이미 결정된 상황이니까, 앞으로의 일에 집중해."

정태술은 이정운 한라에너지 대표의 말에 통쾌해하며 김응석 비서실장의 말을 일축했다.

정태술 회장은 대산그룹에 밀려왔다는 것이 늘 자존심 상했다. 하지만 이번 닉스정유와의 계약에서 이대수 회장에게 통쾌하게 한 방 먹였다.

한편으로 한라그룹은 마지막 남은 알짜배기 부동산들을 담보로 주유소 사업에 대한 자금을 융통했다.

*   *   *

"말씀하신 대로 한라그룹과 계약을 체결했습니다. 계약금은 3천5백억 원입니다."

김동진 비서실장의 보고였다.

"예상했던 것보다 높은 금액이군요."

"예, 저희도 놀랐습니다. 대산그룹이 계약자가 될 것으로 예상했지만, 막판에 5백억 원을 더 써냈습니다."

홍동욱 닉스정유 대표의 말이었다.

"후후! 욕심이 생겼겠지요. 저희가 제시한 공급 가격이 다른 정유사보다 저렴하니까요. 물론 3년 뒤의 이야기지만요."

휘발유와 경유를 저렴하게 공급하려던 닉스정유의 계획은 국내 정유사들의 반발로 인해서 3년 후부터 가격을 조정하기로 했다.

한라그룹이 어느 정도의 주유소를 확보할지는 모르지만, 주유소 숫자와 판매되는 금액에 따라서 향후 3년부터는 낮아지는 공급가로 인해 큰 폭의 이익을 낼 수 있었다.

하지만 내후년에 닥칠 IMF 외환 위기는 그 모든 꿈을 앗아갈 것이다.

형편에 맞지 않는 무리한 투자 금액이 부메랑이 되어 한라그룹의 발목을 잡을 것이기 때문이다.

물론 그걸 유도한 것은 나였다.

Chapter 4

대망의 1996년이 밝았다.

95년은 위기이자 기회의 한 해였다.

목숨을 잃을 뻔한 해이기도 했지만, 그로 인해 날 노리는 세력이 누구인지 확인할 수 있었다.

안개에 둘러싸인 것처럼 본모습을 감춘 미지의 세력이었던 이들의 본모습이 조금씩 드러난 것이다.

뉴욕에서의 증거를 완벽하게 제거한 것이 오히려 그들의 꼬리가 드러나는 일이 되었다.

코사크 정보센터와 러시아연방안전국(FSB)은 전담팀을

두고서 차근차근 정보를 입수했다.

광범위한 자료를 수집했고 전방위로 조사가 이루어졌다.

미국의 정보부서를 퇴사하거나 은퇴한 정보원들을 파악하는 과정에서 미국을 움직이는 진정한 세력을 알게 되었다.

그들을 움직이는 최정점의 인물이 마스터라 불리는 사실까지 알게 되었다.

하지만 그가 누구인지는 아직 파악되지 않았다.

더불어서 유럽을 움직이는 세력을 이스트라 부르며 북미 대륙을 지배하는 세력은 웨스트라 불린다는 것을 알아냈다.

웨스트의 지배 가문은 로스차일드였고 그들의 수장을 임페리얼이라고 불렀다.

두 세력은 군사 복합체와 석유카르텔, 그리고 세계 경제를 움직이는 금융 단체들이 포함된 거대 세력이었다.

이들은 석유 자원과 금융 지배를 통해서 세계를 식민지화시키려는 세력이었다.

더불어서 자신들에게 맞서거나 이익에 반하는 나라와 단체들은 쿠데타나 전쟁을 통해서 무너뜨렸고, 개인들은 암살을 자행했다.

이들을 통해서 벌어진 인위적인 전쟁과 혼란은 2백 년간 이루어져 왔으며 지금도 벌어지고 있었다.

놀라운 것은 한국전쟁과 베트남전쟁 또한 이들의 이익을 위해서 벌어진 일이라는 것이었다.

근래에 벌어진 이라크 침공과 발칸반도의 전쟁은 물론이고 구소련의 붕괴들도 두 세력이 모두 관여되어 있었다.

더구나 이들 전쟁은 다양한 신무기의 실험 장소였고, 인간에 대한 심리적인 실험들도 자행되었다.

인종과 종교를 빌미로 벌어졌던 수많은 학살도 심리전을 통해 인간 본성을 지배하기 위한 실험들이었다.

더구나 다양한 질병 발생과 그 치료제를 실험할 수 있는 장소 또한 전쟁터였다.

한편으로 두 세력은 전쟁을 통해서도 막대한 부를 형성했다.

두 세력의 수장으로 추측되는 가문은 막대한 부를 이미 소유하고 있었다.

그들은 부가 목적이 아니었다.

폭발적으로 늘어나는 인구로 인해 발생되는 범지구적인 오염과 막대하게 소비되고 남용되는 지구의 자원을 보존하기 위해서였다.

인위적인 인구 감소만이 지구의 자원을 보존할 수 있었고, 선택된 인간들과 그들의 후손들만이 그 혜택을 누리게

할 수 있다는 결론에 도달한 것이다.

처음 계획했던 10억 명의 인구 유지 계획은 다시금 5억 명으로 줄어들었다.

5억 명은 그들을 받들어줄 노예들이었다.

그 과정을 위해서 두 세력은 세계화를 통한 자원 지배와 금융 지배를 우선적으로 진행하고 있었다.

차근차근 진행된 그들의 완벽했던 계획들은 갑작스러운 나의 등장으로 인해 큰 변화를 맞이할 수밖에 없었다.

이스트와 웨스트 안에서는 선택받은 자가 되기 위해 수 많은 단체와 인물들이 그들의 편에 서서 일을 하고 있었다.

$$* \qquad * \qquad *$$

1월 1일을 맞이해 한국으로 돌아왔다.

몸은 완벽하게 치료된 상태였다. 한국으로 다시 돌아오기까지 반년이라는 시간이 걸렸다.

예상했던 시간보다 3개월이 늦어진 것이다.

"아이고, 뭐가 그리 바쁘다고 이제야 오는 거야?"

"죄송해요. 갑자기 일이 많아졌어요."

"그래도 그렇지. 6개월이나 집을 비우고 말이야. 엄마가 얼마나 걱정하는지 알기나 알아?"

엄마는 예나 지금이나 나에 대한 걱정뿐이었다.

"걱정하지 마세요. 봄까지는 한국에 있을 거예요."

"또 나간다는 거야?"

"회사가 한국에만 있지 않아서 그래요."

"이제 그만하고, 태수 밥이나 주구려. 일부러 집 밥을 먹
으려고 식사를 하지 않았다고 했잖소."

아버지는 늘 그랬던 것처럼 별다른 말씀이 없으셨다.

언제나 나를 믿어주셨고 지금의 모습을 무척이나 자랑스
러워하셨다.

"그래야지. 많이 배고프겠다."

엄마는 아버지의 말에 부엌으로 향하셨다.

"가인이는 집에 있나요?"

"어! 예인이하고 산에 올라갔다."

부엌으로 가시던 엄마가 돌아보며 말했다.

가인이도 건강이 많이 회복된 상태였다. 이제는 예전처
럼 매일 산에 올라 수련을 진행했다.

약해진 체력을 회복하고 더욱 강해지기 위해 수련을 이
어가고 있었다.

"그래요. 언제 갔는데요?"

"올라간 지 얼마 안 된 것 같은데."

"그럼, 밥 먹고 저도 산에 올라가야겠네요. 제가 온다는

소리를 하지 않았거든요."

"깜짝 놀라겠네. 가인이 학교 졸업하면 빨리 장가나 가. 아버지가 손주 보고 싶어 하시니까."

난 부엌으로 들어가시면서 하신 어머니의 마지막 말에 대답을 하지 않았다.

'결혼이라……. 아직은 좀 더 시간이 필요해. 결혼하고서 독수공방만 시키면 더 큰일이니까.'

앞으로 3년간은 사업적으로 아주 중요한 시기였다. 당장 IMF 외환 위기가 내년이었다.

"하지만 하긴 해야 하는데……."

난 길게 기지개를 켜며 내 방이 있는 3층으로 올라갔다.

간만에 엄마가 해준 김치찌개와 게장으로 밥을 두 공기나 비웠다.

"끄윽! 너무 많이 먹었나."

가인이와 예인이가 있는 곳으로 올라갈 때 절로 트림이 나왔다.

두 사람이 수련하는 곳은 사람들의 발길이 닿기 힘든 곳이었다.

일반인이 다니기 힘든 가파른 벼랑 아래로 이어진 작은 소로 뒤편으로 20평 정도 되는 평평한 공간이 있었다.

소로가 시작되는 앞으로는 커다란 소나무가 길을 자연스럽게 가려주어 사람들의 발길을 막아주었다.

"여기는 여전하군."

차가운 바람이 귀를 때리는 신년에 해돋이를 보기 위해 이른 새벽부터 산을 찾는 사람들이 많았다.

하지만 해가 떨어지는 오후가 되자 사람들은 서둘러 산에서 내려갔다.

소나무 뒤쪽으로 발걸음을 옮기자 짧은 기합 소리가 들려왔다.

"얍!"

"이얍!"

그 소리의 주인공은 가인이와 예인이었다.

두 사람은 서로를 향해 맹렬한 공방전을 벌이고 있었다.

단 한 번의 도약으로 3m의 거리를 좁힌 예인이는 몸을 틀며 가인이의 목을 노렸다.

대단한 기운과 함께 살기마저 느껴졌다.

가인이는 예인이의 공격을 자연스럽게 흘리면서 기이한 팔 동작으로 예인이의 왼팔을 휘감았다.

마치 뱀이 먹이의 숨통을 끊기 위해서 마지막 공격을 하는 것처럼 무시무시한 속도였다.

가인이의 손은 예인이의 팔을 타고 흐르듯이 올라가며

거꾸로 예인이의 목을 노렸다.

그러나 가인이의 공격은 예인이의 놀라운 반격으로 허사로 돌아갔다.

그대로 공격을 했다가는 오히려 가인이가 당할 상황이라 황급히 뒤로 물러났다.

예인이의 반격은 눈으로 보고도 믿기 힘들었다. 그녀의 동작은 도저히 말로 설명할 수가 없었다.

재빨리 뒤로 물러나던 가인이가 나를 발견했다.

"오빠!"

"태수 오빠!"

두 사람 다 놀란 눈을 한 채로 나를 반겼다.

"이젠 정말 건강해졌는데."

뉴욕에서 볼 때와는 확연히 달랐다.

생기가 넘치는 가인이는 이전의 모습으로 완전히 돌아와 있었다.

"언제 온 거야?"

"2시간 전에. 엄마가 산에 올라갔다고 해서 밥 먹고 온 거야."

"나한테는 온다는 소리를 안 했잖아?"

가인이와는 자주 통화를 했었다.

"일부러 놀라게 해주려고 말 안 한 거지."

"몸은 괜찮은 거야?"

긴 생머리로 돌아온 예인이가 반갑게 물었다.

"보다시피. 더 튼튼해졌다고."

양쪽 팔을 크게 돌리면서 말했다.

옆구리와 어깨를 다쳤을 때만 해도 팔을 위아래로 잘 올리지 못했다.

다행스럽게도 왼쪽 어깨는 근육 손상이 없었다.

옆구리도 상처가 깊었지만, 장기 손상이 없어서 회복을 빨리할 수 있었다.

"이래저래 걱정하게 하고."

가인이는 날 보자 좋은지 눈이 살짝 붉어졌다.

"오빠, 이제 정말 다치지 마요. 언니나 저나 오빠가 아프면 너무 힘들어요."

예인이가 날 어떻게 생각하는지 잘 알고 있었기에 그녀의 말이 가슴에 와닿았다.

"앞으로 절대로 그런 일은 없을 거야."

"정말 그래야 해."

"물론이지. 추운데 인제 그만 내려가자."

가인이와 예인이는 환한 이를 드러내며 내 팔짱을 끼었다.

두 사람의 체온이 닿자 매섭던 추위가 모두 떠나가는 것만 같았다.

*　　　*　　　*

나와 가족들이 머무는 집 주변의 건물 2채와 땅을 추가로 매입했다.

그 모든 게 가족의 안전을 위해서였다.

매입한 건물은 필요에 맞게 개조했고, 땅에는 주차장과 정원을 만들었다.

뒤편의 집도 매입해 창고로 개조했다.

이제는 김만철 경호실장의 집과 경호원들이 사용하는 집들이 주변을 감싸는 형국이었다.

서른 명의 경호원이 각각의 건물에 배치되어 있었다.

모스크바보다는 적은 경호 인력이었지만 이들 모두는 총기를 휴대하고 있었다.

한국은 총기 휴대가 불법인 나라여서 경호원들이 가진 총기는 큰 힘을 발휘할 수 있었다.

한편으로 지역 경찰서에서 5분 안에 경찰이 출동할 수 있게끔 되어 있었다.

넓어진 정원으로 외부에서 침입하는 자들이 쉽게 노출될 수밖에 없었다.

집으로 들어가는 길목부터 감시 카메라가 설치되어 외부인의 침입을 대비했다.

확인된 동네 사람들 외에는 집 근처로 아예 접근할 수 없었다.

이러한 조치를 아버지와 엄마는 잘 모르고 있었다.

단지 동네에 젊은 사람들과 외국인이 조금 많아졌다고 생각하고 지내셨다.

경호원들은 눈에 띄는 행동으로 경호하지 않았다.

여의도에 있는 닉스홀딩스로 출근할 때는 2대의 차량이 별도로 뒤따랐다.

닉스홀딩스 본사에도 25명의 경호원이 상주해 보안을 유지했다.

"대표이사들이 모두 기다리고 있습니다."

입구에서 나를 맞이한 김동진 비서실장이 회의장으로 곧장 안내했다.

96년을 맞이해 시무식을 대신하여 계열사 회의를 진행하기로 했다.

회의장으로 들어서자 기다리고 있던 각 회사의 대표들이 일제히 자리에서 일어나 나를 반겼다.

나는 일일이 대표이사들과 반갑게 인사를 나눈 후 테이

블 중앙에 위치한 자리에 앉았다.

"각 회사의 사업 보고를 곧바로 진행하겠습니다."

김동진 비서실장의 말에 각 회사의 대표이사들이 차례대로 자신의 자리에 설치된 마이크를 켰다.

그들의 뒤에는 대표이사를 대신해서 전문 분야를 설명할 인물들이 긴장한 표정으로 앉아 있었다.

제일 먼저 블루오션에서 발표가 시작되었다.

블루오션은 대표이사 선임 없이 김동진 기술이사와 최우식 총괄이사가 담당하고 있었다.

김동진 기술이사는 미국의 퀄컴에 파견되어 1년간 교육과 연구를 병행했고, 한국으로 돌아와 한국전자통신연구원을 비롯한 12개 국내 공동 개발 참여 업체와 함께 CDMA(코드분할다중접속방식) 상용화 연구를 진행했다.

"우선 CDMA 상용화 성공에 따른 주요 상황을 간략하게 설명하겠습니다. 블루오션은 퀄컴 투자에 따른 국내는 물론 동아시아와 러시아에 대한 면허 사용 계약권을 가지고 있습니다. 블루오션은 이를 바탕으로 94년 9월에 국내 업체들과 면허 사용에 따른 계약을 체결했습니다. 95년 상용 시험 개시를 통해서……."

국내에 있는 12개의 통신 관련 회사들이 참여한 CDMA 상용화 연구는 95년 1월 상용 시험 개시 이후 95년 6월에 일반 시험 통화를 성공적으로 이루어냈다.

그로 인해 1996년 1월 1일 SK텔레콤에서 인천과 부천 지역에 세계 최초의 CDMA 서비스를 선보였다.

블루오션은 이를 위해 신의주 특별행정구에 설립된 반도체 공장에서 생산한 통신용 칩을 국내 단말기 제조업체들에게 공급하기 시작했다.

반도체 공장은 작년 9월에 완공되어 2개월간의 시험 생산에 들어갔다.

더구나 상용화에 따른 기술 특허 사용료를 퀄컴을 대신해 블루오션이 국내 업체들에게서 거둬들인다.

한국에서의 면허 사용 계약권을 블루오션이 가진 결과였다.

상용화가 가시권에 들어오자 퀄컴은 역으로 블루오션에게 2억 달러를 제시하며 면허 사용 계약권을 다시금 사들이려고 했다.

물론 계약은 이루어지지 않았다.

5년 전 CDMA 상용화 성공을 당연시한 블루오션의 투자가 빛을 발하는 날이 온 것이다.

올해부터 단말기 판매 대금과 CDMA 기술 사용에 따른 특허 사용료가 블루오션에게 넘어온다.

수백억 원에서 시작된 특허 사용료는 해마다 수천억 원

으로 늘어날 것이다.

그와 함께 CDMA 단말기에 들어가는 통신용 칩의 공급은 블루오션에 또 다른 날개를 달아주는 일이었다.

*　　　*　　　*

블루오션에도 CDMA 단말기를 개발하고 있었다.

시장을 주도했던 무선호출기를 바탕으로 잡다한 기능보다는 디자인에 중점을 두었다.

퀄컴 기술연구소에서 CDMA와 관련된 기술을 습득한 블루오션의 개발팀은 닉스디자인팀과 함께 시장을 선도할 수 있는 단말기 개발에 열중했다.

CDMA 상용화는 전문가들의 예상보다 2~3년을 앞당기는 쾌거였지만, 수천억 원의 투자가 이루어진 시티폰 사업자들에게는 악몽이 될 것이다.

CDMA의 본격적인 개통은 내년부터겠지만 시티폰 또한 한창 투자가 이루어지고 있었다.

받지는 못하고 걸 수만 있는 발신 전용 휴대전화(시티-2)인 시티폰 서비스 또한 내년 2월부터 단계적으로 서비스가 시작된다.

문제는 올해부터 서비스가 시작된 개인휴대통신(Personal

Communication Service) 또한 내년부터 전국적인 기지국 설치가 이루어진다는 점이다.

80년대를 넘어 90년대 초반까지 군 무전기처럼 크고 무거운 투박한 형태의 무선전화기가 일부 상류 계층이나 사업자들에게 사용됐었다.

이를 1세대 아날로그 방식 이동통신이라 부르며, 본격적 이동통신이 시작된 개인휴대통신(PCS)을 2세대 이동통신이라 부른다.

2000년대 중반 유럽 방식의 광대역 코드분할접속방식인 WCDMA는 본격적인 고화질 및 멀티미디어 통신이 가능해진 3세대 통신이다.

이는 미래의 고속 전송 기반의 스마트폰 보급을 주도한 LTE라 불리는 4세대 이동통신으로 발전한 바 있다.

시티폰은 이러한 발전 과정 중 1세대와 2세대의 틈새로 1997년 2월에 통신사업자가 개발하여 출시한 1.5세대 서비스였다.

현재 수신만 가능했던 속칭 삐삐라 불리는 무선호출기와 결합해 발신 전용 무선전화기 서비스로 제시된 것이었다.

시티폰이 시장에 나오게 된 이유는 개인휴대통신을 이끄는 CDMA의 상용화를 빨라도 1~2년 후로 본 점과 개발이 이루어진다고 해도 삐삐로 수신된 번호에 실시간으로 전화할 수 있다는 기본적인 장점 때문이었다.

또한 그 외에도 공중전화 부스를 이용해 기지국을 설치함으로써 투자비와 이용료가 저렴했고, 소규모 출력으로도 통신할 수 있어 배터리 수명이 길었다.

한편으로 동일 통화 반경 내에서 수천 명의 동시 통화가 가능하다는 점도 PCS보다 장점으로 비쳐졌다.

블루오션의 개발진에서도 시티폰 단말기를 개발하자는 말이 나왔었다.

단기간 내에 CDMA 기술의 상용화가 어려워 시티폰이 출시되면 무선호출기로는 시장을 앞서 나갈 수 없었다.

한마디로 전문가들이 예상한 기간에 CDMA의 상용화가 이루어지면 2~3년의 기간 동안 무선통신 시장에서 밀려날 수 있다는 이야기였다.

나는 CDMA 상용화가 반드시 성공할 것이라는 이야기를 해주었지만, 정확히 언제쯤 상용 시험이 성공한다는 것을 말하지는 않았다.

난 개발진의 제의를 받아들이지 않았고 CDMA를 기반으로 한 PCS폰 개발에 매진하라고 지시했었다.

미래의 일이 되겠지만, PCS폰에 밀려 시티폰 서비스가 종료되는 안타까운 운명을 맞이하게 된 가장 큰 원인은 바로 편의성 부족에 있었다.

시티폰 이용자들은 공중전화가 설치된 인근 반경에서만 통화가 가능한 것은 어느 정도 감수할 수 있었지만, 통화 반경을 벗어나면 통화가 단절되는 현상은 도저히 감내할 수 없었던 것이었다.

흔히 로밍(Roaming)이라 불리는 기능, 즉 위치가 바뀌더라도 기지국을 자동으로 교체하여 통화의 연속성을 이어주게 하는 기능이 시티폰에서는 부여되지 않았다.

이러한 치명적 약점 때문에 이를 제공하는 PCS 핸드폰과의 상품 경쟁에서 밀려날 수밖에 없었다.

"2가지 디자인으로, 본격적인 단말기 생산은 올해 말부터 진행할 예정입니다. 그에 따른 생산 일정은 명성전자에서 설명할 것입니다."

"음, 디자인은 나쁘지 않은데 액정을 좀 더 크게 할 수는 없습니까?"

"현재 디자인에는 지금 형태의 액정이 가장 잘 어울려서 선정했습니다."

김동진 기술이사의 말처럼 현재의 디자인에는 작은 액정이 어울렸다.

"문자 서비스도 가능해야 하니까, 디자인을 변경하더라도 조금 큰 거로 가시지요. 아직은 시간적인 여유가 있으니까요."

시장의 흐름을 가장 잘 아는 것은 미래를 살아본 나였다.

문자와 작은 그림을 비롯한 큰 용량의 데이터 통신이 가능한 CDMA의 장점을 살리는 것이 좋았다.

전화를 주고받는 것도 중요했지만 젊은 세대는 문자를 보내고 받는 것이 새로운 문화가 되었고, 문자와 숫자를 합해서 만든 다양한 그림과 문자 표식이 유행되었다.

"예, 알겠습니다."

"아, 그리고 버튼의 간격을 좀 더 넓게 하십시오. 블루오션에서 개발한 천지인 한글 자판을 잘 활용하려면 지금보다 넓은 것이 좋을 것 같습니다."

삼성전자가 개발했던 천지인 한글 입력 방식을 블루오션에서 먼저 선점했다.

천지인 한글 입력 방식은 개발 초기부터 사용된 것이 아닌 98년부터 이용되었다.

익숙하고 편한 한글 입력 방식으로 삼성전자의 PCS 휴대전화기를 계속해서 사용하는 사람들도 많았었다.

한편으로 블루오션은 듀얼 액정(폴더형의 외부 액정) 기술도 개발이 진행 중이며 올해 중순이면 개발이 완료될 예정이다.

블루오션은 다른 기업보다 발 빠르게 최신 기술들을 하나둘 완성해 가고 있었다.

블루오션의 보고를 이어서 명성전자, 닉스정유, 닉스화학의 업무 진행 발표가 이어졌다.

"다음은 닉스제약의 발표가 있겠습니다."

김동진 비서실장의 말에 박명준 대표이사가 자리에서 일어났다.

"닉스제약은 현재 국내는 물론 해외시장 개척에 힘을 쏟고 있습니다. 작년과 비교해 닉스제약의 영업이익은 200% 가까이 신장했습니다. 러시아와 독립국가연합, 그리고 동유럽으로의 수출이 크게 늘어났고, DR콩고와 부룬디를 비롯한 중부아프리카로의 수출 또한 지속해서 늘어났습니다. 국내 영업도 신규 시설 투자와 연구 개발에 힘입어… 내년에 출시를 목표로 하는 슈퍼비아는 임상 시험에 들어간 상황입니다. 임상 시험에 끝나는 대로 미국의 식품의약국인 FDA 승인 절차를 시작으로 세계 각국에 의약품 허가 절차를 받을 예정입니다. 닉스제약의 슈퍼비아는……."

비아그라가 1998년 등장하기 전에 닉스제약의 슈퍼비아가 먼저 시장에 출시된다.

슈퍼비아는 비아그라의 부작용으로 알려진 두통, 소화불량, 얼굴홍조, 지속발기증 등에 대한 문제를 상당 부분 해결한 제품이다.

비아그라가 1998년 시장에 정상적으로 진출하더라도 슈퍼비아에 비해 경쟁력이 떨어질 수밖에 없다.

이미 성분에 대해서 국내 특허는 물론 각국에 국제 특허가 진행 중이었다.

슈퍼비아는 닉스제약을 국제적인 제약 회사로 발돋움하게 하는 발판이 될 것이다.

"97년 7월 슈퍼비아에 이어 12월에는 고지혈증 치료제인 리피타를 내어놓을 예정입니다. 리피타는 기존 고지혈증 치료제의 문제를 개선한 제품으로……."

고지혈증 치료제로 사용되는 로바스타틴은 붉은누룩곰팡이의 2차 대사산물로 97년 머크사의 특허가 종료된다.

로바스타틴은 머크사가 개발해 독점 생산 판매하고 있었고 지난해 12억 3천만 달러의 어치를 판매했다.

닉스제약은 야생 곰팡이와 보이차를 이용하여 독자적으로 개발한 발효 기술과 생명공학 기술을 접목하여 국내 최초로 고지혈증 치료제인 로바스타틴의 원료 개발에 성공한 것이다.

이를 위해 30억 원의 자금이 들어갔고, 34명의 국내외 연구개발자가 연구를 진행했다.

리피타는 고지혈증의 문제인 간독성을 줄였고, 다발성 근육염과 관절염, 근무력증을 일으키는 문제들도 상당 부분 기존 약품보다 낮추었다.

"닉스제약은 현재 137명의 석박사급 연구원들이 밤낮으로 신약 연구를 통해 98년도 혁신적인 류머티스성 관절염 치료제를 선보일 예정이며, 99년에도 항혈액응고제를⋯⋯."

이와는 별도로 류머티스성 관절염 치료제, 그리고 혈액이 응고되는 것을 막는 항혈액응고제를 개발 중이다.

항혈액응고제는 심장판막증 같은 심혈관계 질환에 주로 쓰인다.

이들 약품은 전 세계는 물론 한국에서도 가장 많이 팔리고 처방되게 되는 약품들이다.

닉스제약은 우수한 연구진 확보에만 125억 원을 투자했고, 지속적으로 연구 인력을 늘리고 있다.

또한 작년 닉스제약이 투자한 연구개발비는 398억 원이었고, 올해는 537억 원이 책정되었다.

연구개발비는 국내 제약 회사 중 최고 수준이었고, 10위권에 있는 제약 회사들과 비교해도 2배에서 많게는 3배나 차이가 났다.

이는 국내 제약 분야를 넘어 세계적인 제약 회사로 발돋움하기 위해서였다.

인수하기 전 100위권에 간신히 걸쳐 있었던 닉스제약은 과감한 시설과 연구 인력에 대한 투자로 단숨에 20위권 안으로 들어왔다.

거기에 박명준 대표의 운영 능력과 조직 개편도 크게 한몫 거들었다.

올해가 가기 전에 10위권 안으로 들어올 것이 확실했다.

박명준 대표의 발표가 끝나자 큰 박수가 터져 나왔다. 누가 보더라도 닉스제약의 성장은 놀라웠다.

앞으로 슈퍼비아를 선두로 해서 쏟아져 나올 신약들은 국내 제약들을 한참 앞서 나갈 수 있는 제품군들이었다.

기대를 한 몸에 받고 있는 슈퍼비아는 닉스제약을 세계적인 제약 회사로 올려놓을 것이다.

나머지 회사들도 빠르게 성장하고 있었다.

닉스제약과 함께 닉스코어 또한 놀라운 성장과 이익을 내고 있었다.

닉스코어는 호주에서 들여오는 철광석을, 중부아프리카 국가들에서는 구리와 은, 코발트를, 러시아에는 알루미늄과 금을, 칠레에서는 구리와 리튬을 국내외로 공급하고 있었다.

한편으로 닉스코어는 칠레의 요오드와 리튬, 몰리브덴 광산을 개발 중이며 호주에서는 철광석 광산을 더 사들였다.

한창 일어나는 중국의 산업 개발에 발맞추어 닉스코어의 매출도 급속도로 상승하고 있었다.

자원 개발에서 원자재 수송까지 원스톱으로 이루어지는 닉스코어는 중국 공략을 위해 상하이와 텐진에도 전용 부두와 창고를 마련한 상태다.

닉스홀딩스 산하 기업들 모두가 높은 성장세와 이익을 내고 있었다.

회의에 참석한 인물들 모두가 자신이 속한 닉스홀딩스가 얼마나 큰 회사로 성장하고 있는지를 정확히 몰랐다.

직접적인 관계자 외에는 회사의 규모와 매출을 공개하지 않았기 때문이다.

더구나 닉스홀딩스 산하 기업 중 단 한 회사도 상장 회사가 없었기 때문에 구체적인 규모를 알 수 없었다.

오늘이 어쩌면 최초로 각 회사 대표들이 닉스홀딩스의 규모를 정확히 알게 된 날이었다.

"하하하! 정말 놀랍습니다. 그룹이 이 정도로 규모가 있는지 몰랐습니다."

박명준 닉스제약 대표는 크게 웃으면서 말했다.

그는 닉스제약에 대한 막힘없는 투자를 보고서 대략적인 닉스홀딩스의 규모를 생각했다.

하지만 오늘 자신이 생각했던 것 이상으로 닉스홀딩스는

거대하고 국제적인 회사였다.

재계 서열 20위권은 충분히 들어가는 규모였고, 10위권 안으로도 들어가지 않을까 하는 생각이 들 정도였다.

본격적으로 닉스정유와 화학이 가동되는 시점에는 재계 10위 안으로 들어갈 것이 분명했다.

"앞으로 놀라실 일이 많을 것입니다. 모두가 계획대로 잘 해주시고 계십니다."

"회장님의 안목과 미래를 선점하는 전략은 놀랍기만 합니다."

닉스E&C의 박대호 대표의 말이었다.

닉스E&C도 국내외의 수많은 공사로 인해서 막대한 수익을 올리고 있었다.

국내 다른 건설사와 달리 닉스E&C는 돈이 되는 공사만 맡고 있었다.

닉스E&C의 급속한 성장은 신의주 특별행정구에서 벌어지는 공사들의 힘이 컸다.

그로 인해 건설 도급 순위에서도 작년 8위로 올라섰고, 올해는 5위권 안으로 들어갈 것이 확실했다.

국내외로 알짜배기 공사들을 선점한 닉스E&C의 성장은 앞으로 쭉 이어나갈 준비를 갖추고 있었다.

"닉스홀딩스는 지금보다 미래에 초점을 맞춘 기업입니

다. 앞으로 국내외로 닥칠 경제적 어려움은 오히려 닉스홀딩스를 더욱 성장시킬 기회가 될 것입니다."

나를 둘러싼 닉스홀딩스 산하 기업들의 대표들 표정에는 신뢰와 존경이 가득했다.

회사의 대표들은 앞으로 닥칠 외환 위기에 대해 어느 정도는 알게 되었고, 그에 대한 대비 또한 준비하고 있었다.

Chapter 5

　국내 정보팀은 코사크 정보센터와 합동으로 흑천과 연관된 기업과 인물들에 대해 집중적으로 조사를 진행 중이다.

　별도로 국가안전기획부의 박영철 차장은 안기부 내의 관련 인물들을 조심스럽게 내사했다.

　"저 친구가 확실하지?"

　국내 정보 1팀에 속한 이진규가 물었다.

　"확실해. 박영태가 미르재단의 컴퓨터와 자료들을 정리했다고 했어."

　옆자리에 앉아 있는 정동욱이 수첩을 넘기며 대답했다.

그동안 조사한 핵심 정보를 적은 수첩이었다.

정보 1팀에 속해 있는 이진규와 정동욱이 박영태를 목포에서 찾아냈다.

국내 정보팀이 박영태를 52일 동안 추적했고, 드디어 행선지를 알아낸 것이다.

박영태는 작년 9월까지 미르재단에서 일을 하던 중 교통사고로 인해서 병원 치료를 받다가 갑자기 사라졌다.

박영태는 목포로 오기 전에 청주와 전주 등 몇 차례 지역을 이동하며 움직였다.

대학에서 회계학과를 나온 박영태는 컴퓨터를 잘 다루어 미르재단에서 자료 관리를 주로 담당했었다.

한데 어느 날 이사장의 컴퓨터를 손보던 중 우연히 숨겨진 파일의 암호를 푼 것이 박영태의 운명을 바꾸어놓고 말았다.

"다른 팀을 기다릴까?"

"놈이 또 움직일 수 있어. 그러면 또 시간을 허비하게 되잖아."

"하긴. 박영태가 자료를 가지고 있을까?"

"안전장치가 필요할 거야. 미르재단을 조사한 대로 퇴사자 대부분이 실종되거나 사망했잖아. 박영태도 분명 그 사실을 알고 있을 거야. 그러니까 장소를 매번 바꾸고 있잖아."

정동욱의 말처럼 미르재단에 근무했던 인물들 대다수가 어쩐 일인지 사고로 인해 사망하거나 아예 실종되었다.

박영태도 교통사고로 치료 도중에 갑자기 모습을 감추어 죽은 줄로만 알았다.

"좋아. 박영태와 접촉해 보자고."

두 사람이 차에서 내리려고 할 때였다.

야구 모자를 푹 눌러쓴 낯선 인물이 박영태가 들어간 곳으로 걸어가는 것이 보였다.

"저놈은 또 누구지?"

낯선 인물을 먼저 발견한 이진규가 손을 들어 가리켰다.

"글쎄, 잠깐 기다려야 하나?"

정동욱이 대답을 하고 나자마자 비명이 들려왔다.

"아악!"

두 사람은 누가 먼저라 할 것 없이 박영태가 있는 쪽으로 달려갔다.

마당 안으로 들어서자 두 사람의 눈에 들어온 것은 피를 흘리고 있는 박영태의 모습이었다.

오른쪽 귀를 부여잡고 있는 박영태의 손 아래로 피가 홍건하게 흘러내리고 있었다.

공포에 질린 박영태의 앞에 서 있는 야구 모자의 손에는 박영태의 것으로 보이는 잘린 귀가 들려 있었다.

"일을 번거롭게 만드는군."

야구 모자를 쓰고 있는 인물은 정동욱과 이진규의 등장에도 당황하지 않았다.

"살려주세요! 저 사람이 절 죽이려고 합니다."

박영태가 뒤로 물러나며 소리쳤다.

"경찰이다! 꼼짝하지 마."

정동욱이 호주머니에서 경찰 신분증을 내보이며 말했다.

그는 조사를 원활하게 하려고 이전 신분증을 가지고 다녔는데, 정동욱은 경찰 강력계 출신이었고, 이진규는 청와대 경호실 출신이었다.

두 사람은 나이가 같아서 한 팀이 된 후 금방 친해졌다.

이진규가 가지고 다니는 호신봉을 펼쳤다.

미국에서 특별히 공수해 온 호신봉은 티타늄 합금을 이용해 만든 제품이었다.

"크크! 너희도 운이 없군."

말이 끝나기가 무섭게 야구 모자가 이진규에게로 몸을 날렸다.

이진규는 접근하는 야구 모자를 향해 호신봉을 강하게 휘둘렀다. 하지만 야구 모자는 이미 예상을 하고 있었다는 듯이 가볍게 고개를 숙이며 호신봉을 피해냈다.

순식간에 이진규의 품속으로 파고든 야구 모자는 들고

있던 대검을 휘둘렀다.

"큭!"

이진규가 뒤로 재빨리 물러났지만, 오른쪽 어깨를 깊숙이 베이고 말았다.

오른쪽 어깨를 깊숙이 베인 이진규는 들고 있던 호신봉을 놓치고 말았다.

옆에 있던 정동욱이 품속에서 권총을 꺼내려는 순간, 야구 모자가 몸을 회전하며 발차기를 날렸다.

퍽!

물 흐르듯이 간결한 동작에 정동욱의 몸이 그대로 바닥에 나뒹굴었다.

우당탕!

벽까지 굴러간 정동욱은 강한 충격을 받았는지 그대로 정신을 잃어버렸다.

야구 모자는 단 한 번의 움직임으로 이진규와 정동욱을 처리했다.

오른쪽 어깨를 감싸 쥔 이진규는 섣불리 품속에서 권총을 꺼내지 못했다. 권총을 잡는 순간 야구 모자의 움직임이 더 빠를 것 같은 느낌이 들었기 때문이다.

"낄낄! 난 경찰이라도 봐주지 않아."

야구 모자가 피 묻은 대검을 입으로 가져가며 말했다. 그 모습은 공포감을 주기에 충분했다.

'살인을 많이 해본 놈이다.'

이진규는 야구 모자 아래에서 자신을 싸늘하게 바라보는 눈과 마주쳤다.

"경찰을 죽이면 너도 살아남지 못해."

"크크! 죽은 자는 말이 없지."

말을 마친 야구 모자가 그대로 몸을 날렸다.

이진규도 가슴 속에 있는 권총을 잡기 위해 왼손을 품속으로 넣었다. 오른손잡이였던 이진규의 총은 왼쪽 가슴에 있어 빨리 꺼낼 수도 없었다.

총을 꺼내기도 전에 그가 예상한 대로 야구 모자의 움직임이 더 빨랐다.

'끝이다.'

본부에서 내린 지시를 간과한 것이 이런 결과를 만들어 낸 것이다. 위험한 상황에서는 주저하지 말고 과감하게 총을 사용하라는 말을 했다.

서늘한 칼날이 자신의 배 쪽으로 날아오는 것을 보는 순간 이진규는 눈을 감았다.

피하기에는 야구 모자의 동작이 너무나 빨랐다.

그때였다.

탕!

멀리서 짧은 총소리가 들렸다.

왼손에 권총을 잡았지만, 이진규가 쏜 것이 아니었다.

털썩!

그와 동시에 야구 모자가 모래성이 허물어지듯이 땅바닥
에 쓰러졌다.

1초만 늦었어도 바닥에 쓰러진 것은 이진규가 되었을 것
이다.

눈을 뜬 이진규는 총을 쏜 인물을 찾았다.

정동욱은 아직도 바닥에 쓰러져 있었고, 박영태는 잘려
나간 왼쪽 귀를 부여잡고 있었다.

"누가 총을……."

그때 한 인물이 뒤쪽에 이진규에게로 걸어왔다.

이진규에게 다가오는 인물은 한국인이 아닌 파란 눈의
외국인이었다.

코사크 정보센터의 요원들 열 명이 국내 정보팀을 돕기
위해 한국에 파견되었다.

그들을 국내 정보팀마다 붙여두었다.

총기 사용에 전혀 주저함이 없는 코사크 대원들과 달리
국내 정보팀의 인물들은 총기 사용이 익숙지도 않았고 주
저했다.

흑천과의 대결에 주저함은 곧 목숨을 잃어버리는 일이었다.

오늘 이진규와 정동욱은 그 사실을 똑똑히 확인했다.

지원팀이 도착하고 야구 모자의 시체를 처리한 후 박영태를 데리고 서울로 향했다.

"말로만 듣던 코사크의 도움을 받을 줄 몰랐습니다."

오른쪽 어깨를 붕대로 감은 이진규가 말했다.

"니콜라이가 자네들 뒤를 따랐던 게 정말 운이 좋았어. 흑천은 우리가 겪었던 놈들과는 확연히 다르다는 것을 알게 된 거지."

1팀의 팀장인 안영수 팀장의 말이었다.

안영수는 특수부대 출신으로 13년간의 군 생활 동안 수많은 작전을 수행했고 대부분 성공했다.

팀장급에게는 코사크 대원들이 함께한다는 것을 알렸다.

"예, 총이 없다면 놈들을 당할 수 없을 것 같습니다. 저도 격투기에는 자신 있다고 생각했는데, 한 번에 당할 줄 몰랐습니다."

이진규는 다시 한번 흑천의 인물과 마주한다고 해도 이길 자신이 없었다.

자신과 정동욱을 동시에 처리하는 모습은 영화 속에서도 나오는 모습이었다.

정동욱도 유도와 권투를 배웠다.

강력계 형사라면 누구라면 마주하게 되는 강력 사건들에서 자신의 몸을 지킬 수 있는 무술은 필수적으로 익혀야만 했다.

"후! 정말 번개 같았습니다. 진규에게 달려드는 것을 보고 총을 뽑으려는 찰나에 정신을 잃어버렸으니까요."

정동욱의 가슴에는 시퍼런 멍이 들었다.

그나마 권총 지갑이 충격을 줄여주었기에 망정이지 갈비뼈가 나갈 뻔했다.

"다른 팀에게도 이 사실을 제대로 알려야 해. 이 나라의 정의를 위해서 하는 일이지만 자신의 목숨을 잃으면 아무 소용이 없는 거야."

"그래야 할 것 같습니다."

"예, 맞는 말씀입니다."

두 사람은 안영수 팀장의 말에 고개를 끄덕였다.

국내 정보팀에서 일하는 사람들 모두가 흑천에 대한 일들을 알게 되었다.

광복 이후부터 대한민국이 걸어왔던 길에서 흑천이라는 존재가 어떻게 이 나라를 망쳐놓았는지를 말이다.

*　　　*　　　*

박영태는 한남동에 있는 빌라에 도착했다.

한강 변이 내려다보이는 빌라 단지였고, 주민들의 편의와 안전을 위해 보안이 철저한 곳이었다.

"도와주셔서 정말 고맙습니다."

오른쪽 귀 쪽에 붕대를 감고 있는 박영태가 자신을 구한 안영수 팀장에게 연신 고마움을 표했다.

"박영태 씨도 저희를 도와주셔야 합니다. 그래야만 끝까지 박영태 씨의 안전을 책임질 수 있습니다."

"물론입니다. 제가 아는 것은 모두 말씀드리겠습니다."

그때였다.

옆에 서 있던 인물이 들고 있던 무전기에서 소리가 들렸다.

—회장님이 도착하셨습니다.

"지금 도착하신 분에게 박영태 씨가 알고 있는 모든 것을 거짓 없이 털어놓으십시오. 그러면 박영태 씨가 가고 싶어 하시는 나라로 보내 드릴 것입니다."

"예, 그렇겠습니다."

불안했던 박영태의 표정이 안영수 팀장의 말에 한결 편안해졌다.

아무래도 한국은 불안했다.

박영태는 한국에서 멀리 떨어질수록 안전할 것이라는 생각이 들었다.

내가 들어서자 방 안에 있던 정보팀 사람들이 모두 일어나 나를 반겼다.

"여기 있는 박영태 씨가 가지고 있던 플로피디스크입니다. 회장님이 오시면 암호를 풀겠다고 했습니다."

안영수 팀장이 나에게 건넨 건 3.5인치 플로피디스크였다.

미르재단에서 빼낸 자료가 보관된 플로피디스크로 박영태가 자기 목숨처럼 여기며 간직해 온 물건이었다.

"여기에 어떤 자료가 들어 있습니까?"

나의 물음에 박영태는 안영수를 쳐다보았다. 안영수 팀장이 고개를 끄덕이자 박영태가 입을 열었다.

"미르재단에 소속된 회원 명단과 후원 기업들의 자료가 들어 있습니다. 그리고 그동안 미르재단에서 사용했던 자금 관련 자료들도 전부 들어 있습니다."

플로피디스크에 들어 있는 자료들은 그동안 간절히 원했던 자료들이었다.

"그러면 여기 있는 자료들을 볼 수 있겠습니까?"

"예, 볼 수 있습니다. 대신 안영수 팀장이 말씀하신 것처럼 절 외국으로 보내주실 수 있으십니까?"

"물론입니다. 원하시는 나라가 있으면 말씀하십시오. 정보가 확실하다면 미화로 50만 달러도 같이 드릴 것입니다."

50만 달러면 외국에서 충분히 정착할 수 있는 자금이었다.

"감사합니다. 바로 출력해 드리겠습니다."

박영태는 컴퓨터 앞으로 가 앉았다. 미리 컴퓨터와 프린터를 준비해 놓았다.

박영태는 나에게서 건네받은 플로피디스크를 드라이브에 넣고 구동시켰다.

암호를 요구하는 화면이 뜨자 박영태는 네 자리 숫자를 넣었다.

번호는 1215로 돌아가신 박영태 어머니의 생일이었다.

컴퓨터 화면에는 회원 명단들과 함께 간략한 약력이 적힌 문구가 보였다.

문서의 맨 위로는 기업, 언론, 정치, 사법으로 나누어져 있었다.

다들 대한민국에서 최상위 계급에 속한 권력자들이었다.

그리고 기업 회원들의 명단에는 해당 기업들이 분기별로 내는 후원 금액이 적혀 있었다.

"허! 1년이면 20억이네."

프린터로 출력된 자료를 김만철이 나에게 건네며 말했다.

김만철의 말처럼 기업마다 한 해 평균 20억 원의 후원금을 미르재단에 제공하고 있었다.

지금까지 가장 많은 후원금을 제공한 기업은 대산그룹과

한라그룹이었다.

놀랍게도 대산그룹은 지금까지 5백억 원이 넘는 금액을 미르재단에 후원하고 있었다.

한라그룹은 3백5십억 원을 후원했고, 대용그룹과 보영그룹은 2백3십억 원을, 새롭게 기업 회원이 된 대명그룹은 1백억 원을 제공했다.

이들 기업뿐만 아니라 모든 기업이 지금까지 1백억 원대 이상씩 후원금을 냈다.

후원금을 낸 기업들의 옆으로는 미르재단이 지원한 혜택들이 적혀 있었다.

기업들이 원한 법률 제정과 민원 해결, 그리고 정부 지원 사업에서 해당 기업들이 선정된 사례들이었다.

"정말이지 완전히 하나의 커넥션을 이루고 있었군."

기업들의 자금은 다시금 정치인과 언론, 그리고 법을 집행하는 사법부 쪽으로 흘러들어 갔다.

어쩌면 대한민국은 그동안 미르재단을 하나의 큰 축으로 삼아 돌아가고 있었다.

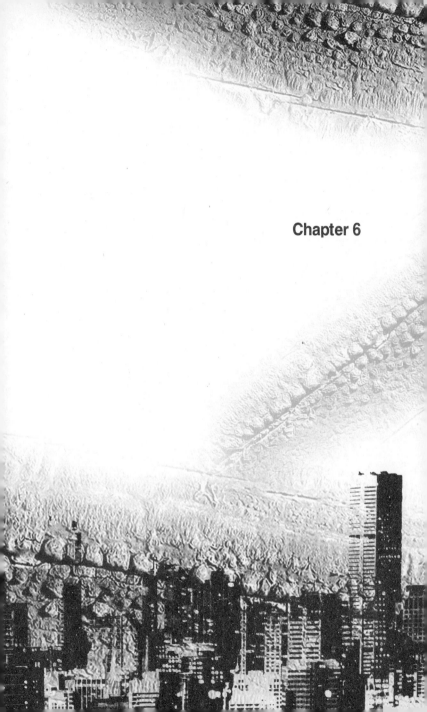

Chapter 6

미르재단에 소속된 기업들은 22개 업체였다.

22개의 기업체 대다수가 박정희 정부를 거쳐 군사정부 시절부터 급격하게 성장하였다.

대표적인 기업들은 대산그룹, 한라그룹, 대용그룹, 보영그룹, 상명그룹 등 12개의 그룹들로 급격한 사세 확장이 이루어졌다.

다른 그룹들도 신규 사업에 진출할 때 미르재단의 도움을 받았다.

언론과 정치인들의 초당적인 도움으로 기업 회원들 대다

수가 원하는 사업에 진출할 수 있었다.

미르재단에 속한 언론사들에는 회원 기업들의 광고가 집중적으로 실렸다.

악어와 악어새처럼 서로가 공생하는 관계였고 그러한 유대관계를 통해서 서로 큰 이익을 보고 있었다.

정치인들 또한 기업과 언론의 후원을 업고 국회의원에 당선되거나, 정부의 핵심 보직과 국영기업체 기관장에 쉽게 임명되었다.

"음, 생각보다 광범위하고 뿌리가 깊습니다."

명단에 출력된 인물들은 대한민국에서 존경받는 명사들이 대부분이었다.

"후! 쉽지 않겠습니다. 안기부의 서범준 2차장이 포함되어 있을 줄 전혀 몰랐습니다."

안기부의 박영철 차장은 한숨을 쉬며 말했다.

미르재단의 처리를 위해서 안기부의 박영철 차장을 불렀다.

박영철 차장이 말한 서범준은 그의 선배이자 차기 국가안전기획부를 이끄는 수장으로 보고 있는 인물이었다.

"안기부뿐만 아닙니다. 검찰과 경찰 내의 주요 보직에도 미르재단의 속한 인물들이 적지 않습니다."

검찰에는 검사장과 부장검사를 포함한 다섯 명이, 경찰

에는 치안감과 치안정감 세 명이 포함되어 있었다.

치안감은 지방경찰청장급이며 치안정감은 경찰청 차장이나 서울 혹은 경기지방경찰청장에 해당한다.

"이거 어디부터 손을 대야 할지 모르겠습니다. 잘못하면 오히려 우리가 당할 수도 있습니다. 이건 정말 대통령이 아니면 건드릴 수 없는 일입니다."

박영철 차장의 우려는 틀린 말이 아니었다.

미르재단과 연관된 광범위한 조직은 일개 개인이나 단체가 해결할 수 없었다.

이 나라 최고 권력의 통수권자인 대통령이 나서지 않는다면 도저히 해결할 수 없어 보였다.

더구나 문제는 미르재단에 속한 인물들이 수사기관인 검찰과 경찰의 주요 핵심 요직을 차지하고 있다는 점이었다.

검찰의 핵심인 서울고등검찰청장과 산하에 서울중앙지방검찰청 지검장, 부장검사가 미르재단과 연관되어 있었다.

경찰에서도 서울경찰청장과 경북지방경찰청장이 연관 인물이었다.

두 핵심 수사 조직의 눈을 피해서 수사를 하려면 특별검사제도와 같은 별도의 수사 조직이 필요하다.

특별검사제는 검찰만이 기소권을 가지는 기소독점주의

의 예외로, 검찰이 아닌 행정부와 독립된 사람 등 제삼자에게 수사와 기소 등의 역할을 맡기는 제도다.

하지만 특별검사제는 1999년에 도입되었다.

"대통령도 큰 결심을 해야겠지요. 이들이 반발하면 대한민국 전체가 흔들릴 테니까요. 더구나 가장 큰 걸림돌은 정민당의 차기 대권 후보인 한종태 당대표입니다."

현재의 여론으로 볼 때 정민당의 한종태 당대표 97년 12월에 치러지는 15대 대통령 선거에 당선될 가능성이 컸다.

만약 한종태 당대표가 대통령에 당선된다면 미르재단을 해체하거나 법의 심판은 물 건너간 것이나 마찬가지였다.

"정말 첩첩산중이네요. 한종태 대표는 여론조사에서도 큰 인기를 끌고 있는데 말입니다."

박영철 차장의 말처럼 한종태는 잘생긴 외모와 뛰어난 언변으로 여성 유권자들에게 특히나 인기가 있었다.

상당수의 40대와 50대들도 보수적인 성향에 안정을 우선시하는 한종태를 지지했다.

한종태는 특별한 단점이 보이지 않는 인물이었고, 14대 대통령 선거에서 정민당의 후보였던 김영삼 대통령 당선에도 이바지했다.

"모든 것을 한꺼번에 처리할 수는 없습니다. 시간이 걸린다는 생각으로 하나하나 정리해 나가야 합니다. 가장 큰 문제는 한종태가 대통령이 되어서는 절대 안 된다는 것입니다."

"참으로 힘든 일이네요. 제가 움직이면 분명 서범준 2차장이 나설 테니까요."

서범준 2차장은 국내 문제를 담당하고 있었다.

"우선은 한종태에 대한 전반적인 조사를 해야 할 것 같습니다. 세상이 알면 안 되는 문제를 어떻게든 찾아내야지요. 그리고 한종태에게 건네지는 정치자금을 차단하는 것이 우선되어야 합니다."

"돈줄을 차단하자는 말씀입니까?"

"예, 선거는 곧 돈이니까요. 현재 명단에 나와 있는 기업들이 결국 한종태를 후원할 것입니다. 이들이 한종태를 후원할 수 없게 만들어야 합니다."

"어떻게 말입니까? 한두 개의 기업이라면 해당 기업의 문제점을 찾아서 조치를 하겠지만, 22개나 되는 기업들을 일일이 상대할 수는 없지 않습니까?"

"그건 제가 알아서 하겠습니다. 차장님은 최대한 한종태와 안기부 내에 인물들을 조사해 주십시오. 미르재단의 눈이 되어주는 안기부를 우선 차단하는 것이 좋겠습니다."

"손발이 되어주는 검찰과 경찰은 뒤로 미루자는 말이십니까?"

"예, 우선은 눈과 생명을 유지하기 위해 음식물을 먹는 입을 차단하는 것이 먼저일 것 같습니다."

안기부와 기업의 자금을 먼저 처리하는 것이 우선이었다.

돈줄을 차단해야지만 몸통의 움직임이 무뎌질 수 있었다. 그렇기 위해서는 먼저 우리의 행동을 감시할 수 있는 눈을 제거하는 것이 옳았다.

"음, 쉽지는 않겠지만, 최대한 노력을 해보겠습니다."

박영철 차장이 쉽게 대답할 수 없었던 것은 서범준 2차장이 국내 정보를 쥐고 있었기 때문이다.

또한 그는 현 정부의 지지를 받는 인물이기도 했다.

* * *

"박영태가 완전히 자취를 감추었습니다."

미르재단의 인사부장인 신명민의 보고였다.

"어떻게 된 거야? 놈을 찾았다고 했잖아?"

미르재단의 이사장인 황만수의 인상이 구겨졌다.

"그게 놈을 처리하겠다고 했던 친구가 연락이 갑자기 끊겼습니다."

"뭐냐? 박영태에게 당했다는 거야?"

"조사 중입니다만 박영태가 아닌 제삼자가 개입한 것 같습니다. 척살단의 인물은 박영태가 처리할 수 없습니다."

"음, 하긴 다리병신이 된 박영태가 상대할 인물은 아니지. 빨리 알아봐, 놈이 뭘 빼내갔는지를 확인해야 하니까."

"예, 알겠습니다."

신명민은 황만수에게 고개를 숙인 후 이사장실을 나갔다.

"음, 놈이 자료를 봤을 리는 없겠지."

황만수는 이사장실로 들어왔을 때 박영태가 자신의 컴퓨터를 만지는 것을 보았다.

분명 자신이 시킨 일이었지만 박영태를 감시하라고 붙여놓았던 직원이 잠시 화장실에 간 상황에서 혼자 있는 박영태를 본 것이다.

아무렇지 않은 듯이 자신에게 인사를 건넸지만, 박영태의 두 눈은 불안감이 가득했었다.

"내가 너무 과민반응을 보이는 것인지도 모르지."

암호가 걸려 있는 파일을 건드린 흔적은 없었다.

암호 파일을 만들어낸 인물은 절대 뚫리지 않는다고 장담했었다.

"놈이 있었으면 확인할 수 있었을 텐데. 너무 빨리 죽였나."

아쉬운 표정을 짓는 황만수였다.

자신의 컴퓨터에 설정된 암호 파일을 제작한 인물은 차가운 서해에 수장되었다.

박영태가 병원에서 사라진 이후 황만수는 컴퓨터에 들어 있던 핵심 문서를 출력해 금고로 옮겨놓은 후 삭제했다.

*　　　*　　　*

신의주 블루오션 반도체 공장에서 생산된 디지털 단말기 통신용 칩이 휴대폰 제조 업체에 본격적으로 공급되기 시작했다.

"현재 삼성전자, LG정보통신, 현대전자, 코오롱정보통신, 맥슨전자, 모토로라에 칩 공급이 이루어지고 있습니다."

블루오션 반도체를 담당하는 최영필 이사의 말이었다.

최영필 이사는 미국의 MIT를 나와 인텔과 모토로라에서 근무했었다.

블루오션 반도체 공장에서 공급되는 칩은 모빌스테이션 모뎀(MSM)과 베이스밴드 아날로그 프로세서(BBA 로직연산칩) 칩이다.

MSM은 잡음을 없애고 통화 음질을 향상해 음성으로 재생하는 신호 처리 장치로 모든 전화기에 상용된다.

BBA는 무선 부문과 MSM 칩 간의 데이터를 연결하여 연산하는 논리회로다.

이들 칩은 컴퓨터의 중앙처리장치(CPU)에 해당하는 중용한 비메모리 칩이었다.

한편으로 2분기에는 주파수합성기와 고주파 칩셋도 생산될 예정이다.

MSM(Mobile Station Modem)과 BBA(BaseBand Analog Processor)는 고주파 칩셋과 함께 이동통신의 3대 핵심 칩으로 불린다.

"MSM의 판매 가격은 48달러이며 BBA는 32달러에 공급하고 있습니다. 이번 달에는 30만 개가……."

단말기 제조 업체에 공급되는 MSM과 BBA 핵심 칩의 가격은 80달러였다.

신의주 반도체 공장에서 생산된 칩 판매 이익은 똑같이 50 대 50으로 퀄컴과 나누어 가진다.

"라이선스 비용은 보고서에 나와 있는 대로, 제조 회사별로 가격이 책정되어 있습니다. 칩의 주문 수량에 따라서 삼성전자와는 3%로, 현대전자는 4%이며……."

이와는 별도로 블루오션은 단말기 제조 업체들에서 단말기 판매 대금 중 3~5%를 라이선스 비용으로 받고 있었다.

이 비용은 고스란히 블루오션이 독자적으로 받는 금액이었다.

단말기 판매가 많아질수록 블루오션이 받는 라이선스 비용도 증가한다.

"음, 전반기에만 2천억 원의 이익이 발생하겠네요."

"예, 하반기에도 칩 판매율에 따라서 라이선스 비용이 비례할 것입니다."

"단말기 개발은 어떻게 진행되고 있습니까?"

"회장님의 말씀대로 액정을 $40 \times 25\text{mm}$의 대형 액정 화면으로 교체했고, 버튼을 새롭게 디자인했습니다. 보고서 5페이지에 있는 디자인이 최종 제품의 사진입니다. 무게는 162g으로 삼성전자 다음으로 가볍고 크기 또한 최소형으로 제작했습니다. 초절전 회로를 채용해 배터리 소모를 32% 이상 절감시켜, 표준 배터리 사용 시 최대 통화 시간은 3백 분이 가능하며, 대기시간은 90시간에 달합니다. 배터리 용량은 대·중·소 세 가지 타입으로… 버튼 메뉴에 그림 기호(아이콘) 표시 기능을 도입해 사용자가 쉽게 알아볼 수 있게 했습니다. 또한 상대방의 음성을 녹음할 수……."

휴대전화기 개발을 총괄하는 김동철 이사의 설명이 이어졌다.

무선호출기 시장에서 절대 강자를 차지했던 블루오션은

휴대전화기 시장에서도 앞서가기 위해서 개발연구소의 직원들 모두가 밤낮을 가리지 않고 개발에 매달렸다.

블루오션은 43억 원의 개발비가 들어간 블랙폰 K1과 블루폰 X1이 블랙과 코발트(하늘색 같은 밝은 남색)색 두 종류로 우선 출시된다.

"젊은 층을 공략하기 위해서 블루폰에 적용된 코발트색은 휴대폰 시장 진입에 큰 역할을 할 것으로 판단됩니다. 더구나 X1에 적용된 디자인은 다른 회사와 차별하기 위해 스포츠카 형태를 추구하고 있으며……."

휴대폰 케이스에 코발트색과 람보르기니 스포츠카를 연상시키는 형태를 구현하기 위해서 별도로 8억 원의 개발비가 들어갔다.

총 51억 원의 개발 비용은 어느 단말기 제조 회사보다 많은 금액이었다.

삼성전자의 신제품인 애니콜 SCH200F는 34억 원의 개발비가 투자되었다.

"음, X1이 5만 원 정도 더 비싸네요?"

"예, K1형은 심플한 디자인 형태이지만, X1은 디자인과 색을 구현하는 비용이 별도로 들어갔기 때문입니다. 하지만 두 개의 폰 모두 내부에 사용되는 부품은 동일합니다. 단지 케이스의 모양과 색만 다를 뿐입니다."

심플한 K1의 모양도 좋았지만, X1의 디자인은 4~5년 후에나 나올 수 있는 멋진 디자인이었다.

"블루폰 X1은 별도의 이름으로 가져가지요. X1이 스포츠카를 연상시키니까 레이싱 X1이 어떻습니까?"

"하하하! 훨씬 임팩트 있게 다가오는데요."

나의 말에 김동철 이사가 만족스러운 웃음을 보이며 말했다.

두 개의 블루폰은 블루오션연구소와 닉스 디자인연구센터가 심혈을 기울인 제품이다.

그중 레이싱 X1은 유럽과 한국 디자이너들이 합심해서 만들었던 걸작이었다.

"좋습니다. 계획대로 블랙폰 K1을 먼저 시장에 풀고, 레이싱 X1은 광고 제작이 끝난 후에 판매를 시작하는 거로 하겠습니다."

내 머릿속에 떠오른 것은 자동차 경주 중 가장 급이 높은 포뮬러 원 레이스(F1)를 무대로 찍는 광고였다.

춘추전국시대가 도래한 휴대폰 시장에서 블루폰의 등장은 새로운 폭풍의 눈이 될 것이다.

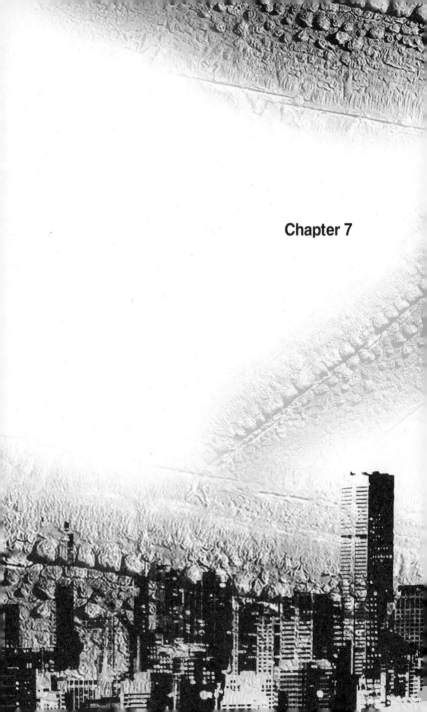

Chapter 7

올해 농구대잔치는 새롭게 참여한 닉스 피닉스의 선전에 힘입어 인기가 한층 더 올라갔다.

신생팀답지 않게 노련한 경기 운영과 전술로 기존 강자들인 기아자동차와 현대전자, 삼성전자 등의 실업팀은 물론이고 연세대, 고려대, 중앙대 등 패기 넘치는 대학팀과의 대결에서도 전혀 밀리지 않았다.

농구대잔치에 참가하기 전 미국으로 건너가 7개월간 현지 코치의 지도 아래 미국 내 대학 선수들과 경기를 펼쳤다.

눈에 띄는 스타들보다는 앞으로 성장 가능성이 큰 선수들로 구성된 닉스 피닉스는 미국 현지 훈련을 통해서 큰 성장을 거두었다.

농구대잔치에 참가하는 팀들이 사용하는 전술을 연구하고 미국 NBA팀들이 사용하는 전략과 전술도 익혔다.

늘 배우는 자세로 임하는 윤창진 감독의 지도로 선수들은 전술 이해도를 높였다.

유명 선수들이 아니었기 때문에 윤창진 감독의 말에 선수들은 열심히 따라주었다.

1년간의 체력과 전술 훈련을 바탕으로 새로운 선수로 재탄생하고 싶은 선수들의 욕망을 윤창진 감독은 끌어냈다.

이를 바탕으로 닉스 피닉스는 경기를 치를수록 실력이 나오기 시작했다.

"와아! 닉스 파이팅!"

닉스 디자인센터의 직원들이 토요일을 맞이하여 경기장을 찾았다.

닉스는 닉스 피닉스의 경기 관람을 원하는 직원들에게 무료로 입장권을 제공했다.

"경기가 아주 흥미진진한데요."

"지금 닉스와 경기하는 기아자동차가 우승 후보 중의 하나입니다. 그런 팀과 시소게임을 벌이는 것은 정말 잘하는 것입니다."

"오! 그런가요? 상대 팀이 닉스의 속공을 막지 못하네요."

김만철은 나의 설명에 놀라며 농구 경기를 재미있게 보았다.

나 또한 직원들과 함께 농구 경기장을 찾았다.

올해 우승 후보팀은 전년도 우승팀인 기아자동차와 준우승팀인 국군체육부대, 삼성전자, 현대전자, 연세대학교로 압축되었다.

거기에 닉스 피닉스가 다크호스로 떠올랐다.

"윤창진 감독의 말로는 올해 중위권에 머무는 게 목적이라고 했는데, 막상 뚜껑을 열어보니 선수들이 정말 잘하네요."

닉스 피닉스 선수들의 호흡이 척척 맞았다.

사실 선수들을 모으고 훈련을 시작한 것은 1년 6개월 정도였다.

처음 6개월은 선수들이 부족해 대회에는 참가하지 못했지만, 꾸준히 훈련을 해왔다.

1년 6개월 동안 코치진과 선수들은 쉬지 않고 기술과 전술을 연마했다.

지금 경기장에서 기아자동차 선수들은 닉스 선수들의 속

공에 속수무책으로 당하고 있었다.

지금 경기는 골밑과 속공의 대결이었다.

야투 성공률도 두 팀이 비슷했지만, 기아자동차 선수들의 실수가 잦았다.

"와! 잘한다. 닉스!"

닉스의 강희종 선수가 3점 슛을 성공시켜 다시 2점 차로 앞서 나갔다.

지금 닉스 피닉스 선수들이 경기 중에 신고 뛰는 농구화는 닉스 기술연구소에서 각 선수의 특성과 발에 맞춰 특별 제작된 농구화였다.

각 신발에는 선수들의 번호가 넘버링되어 있었다.

약체로 평가받던 닉스 피닉스가 연달아 강팀들을 꺾는 모습을 보이자 닉스를 응원하는 사람들도 점차 늘어나고 있었다.

10초를 남겨두고 마지막 공격을 펼친 기아자동차는 공을 재빨리 허재 선수에게 패스했다.

골밑 한기범 선수에게 패스하려는 동작을 보이는 페인팅 동작에 수비수가 뒤로 물러나는 순간 슛을 던졌다.

허재 선수가 던진 회심의 슛은 아깝게도 링을 맞고 퉁겨져 나왔다.

삑!

와! 와아!

결국 강희종 선수의 3점 슛이 결승점이 되어 닉스가 5연 승을 이어가게 되었다.

사람들은 연승이 이어질수록 닉스 선수들과 선수들이 신 고 있는 농구화에 관심을 가졌다.

"농구가 이렇게 재미있는 경기인 줄 몰랐습니다."

함께 농구를 관람한 티토브 정의 말이었다.

"하하! 다른 스포츠도 재미있지만, 농구처럼 박진감 넘치 는 경기를 이끌어내는 스포츠도 드물 것입니다."

"그러게요. 자주 경기장에 와야겠습니다."

김만철도 오늘 경기가 무척 만족스러운 표정이었다.

"선수들이 기다리는 아래로 내려가시지요."

경기가 끝난 후 닉스 선수들은 대기실로 들어가지 않고 자리를 지키고 있었다.

윤창진 감독을 비롯한 선수들은 긴장된 표정으로 나를 반겼다.

닉스홀딩스의 회장인 내가 경기장을 찾아 직접 경기를 관람한 것은 처음이었다.

다른 팀들의 회사 대표가 경기장을 찾을 때는 우승을 했 을 때뿐이었다.

"하하하! 멋진 경기였습니다. 올해 닉스 피닉스가 일을 낼 것 같습니다."

"예, 제 예상보다 선수들이 잘해주고 있습니다. 회장님의 기대에 만족할 수 있게끔 최선을 다하겠습니다."

"그렇다고 너무 부담은 갖지 마십시오. 지금처럼 재미있게 경기를 즐길 수 있게 해주시면 됩니다."

"하하! 그렇게 말씀해 주시니 감사합니다. 그리고 많은 지원을 해주셔서 선수들의 사기가 아주 높습니다."

올해 오십 살이 된 윤창진 감독은 환하게 웃으며 말했다. 그의 말처럼 닉스 피닉스는 많은 지원을 받고 있었다.

특별히 미국 전지훈련 도중에 시카고 불스와의 경기도 주선해 주었다.

마이클 조던과 스카티 피펜과 같은 유명 선수들과의 시합은 닉스 피닉스 선수들에게는 꿈같은 일이었다.

"앞으로도 선수들의 지도를 잘해주시길 바랍니다. 필요하신 것이 있으면 언제든지 관계자에게 말씀하시고요."

"예, 감사합니다."

윤창진 감독과 이야기를 끝내고 나는 선수들과 일일이 악수를 나누었다.

닉스홀딩스의 젊은 회장을 처음 선수들은 놀란 눈을 한 채 내 손을 정중히 마주 잡았다.

나는 경기에 선전한 선수들에게 금일봉을 주고는 종로에 있는 도시락 본사로 향했다.

*   *   *

도시락은 새롭게 조상민 영업이사가 올해 초 대표로 임명되었다.

조상민 대표는 해외 영업 부서에서 동유럽과 중국 시장에서의 도시락 매출을 40% 이상 신장시켰다.

그는 내가 했던 대로 직접 현지를 찾아다니며 판매를 위한 시장 개척을 해왔다.

책상에 앉아 부하 직원에게 일을 지시하는 타입이 아니었다.

조상민 대표는 먼저 솔선수범하며 부하 직원들이 자연스럽게 일에 집중할 수 있게 환경을 조성하는 스타일이었다.

도시락에 차장으로 입사한 지 4년 만에 대표가 된 인물이었다.

난 능력과 인성을 갖추고 있으면 연공서열을 가리지 않았다.

시간이 지나면 자연스럽게 직책을 달고 봉급이 올라가는 형태를 바꾸고 싶었다.

조상민이 영업이사에서 곧바로 대표이사에 선임되자 전무와 이사급 인물 둘이 불만을 품고 회사를 퇴사했다.

"내부 인사 처리는 잘되어 갑니까?"

나는 조상민에게 도시락의 인사권을 넘겨주었다.

대표로서 도시락의 미래를 더욱 발전시켜 나가기 위해서는 그에게 불만을 품은 인물들을 배제해야만 했다.

"예, 도시락마트의 이준서 러시아 지사장을 부사장으로 임명할 예정입니다. 해외 영업이사를 전무급으로 상향하고, 중국 쪽 담당 부서도 부장에서 이사급으로 올릴 계획입니다."

조상민은 한정된 국내시장에 집중하는 것이 아닌 해외시장 개척에 더욱 힘을 쏟을 인사 계획이었다.

"잘 생각하셨습니다. 동유럽과 중국 시장은 러시아에 못지않은 시장입니다. 특히나 중국의 동북 3성은 반드시 도시락이 시장을 장악해야 합니다."

중국 시장에서 베이징과 상하이를 집중하는 것이 돈이 더 되었지만, 미래를 위해 동북 3성에 대한 시장 지배력을 높이는 것이 우선이었다.

"예, 중국 전담 부서를 더 확대하여 담당 인력을 늘렸습니다. 회장님의 말씀대로 동북 3성과 몽골 시장에 주력할 것입니다."

중국의 동북아 공정이 아닌 닉스홀딩스의 서북 공정을
위해 도시락과 닉스가 첨병이 되어야만 했다.

도시락은 라면은 물론 양념 소스류와 과자 등 식품류로
도 사업을 확대하고 있었다.

"중국 정부가 인지하기 전에 도시락의 제품들이 시장을
석권해야 합니다. 중국인의 입맛에 철저하게 맞춘 제품들
을 지속적으로 개발하는 것도 잊지 마시고요."

"예, 신의주 식품연구소의 연구원들이 현지 유명 음식점
의 요리와 주민들이 즐겨 먹는 음식들을 직접 사 먹으며 열
심히 연구하고 있습니다. 그 성과가 올해부터 나올 것입니
다."

도시락에서 나오는 제품들이 한국 제품이라는 것을 인지
할 수 없을 정도로 중국인에게 파고드는 것이다.

화려하고 눈에 띄는 가전제품들이 아닌 중국인의 일상생
활에 꼭 필요한 식료품과 식자재로서 중국을 석권하는 것
이 도시락의 전략이다.

10억 인구의 입맛을 사로잡을 식료품 개발에 한국은 물
론 중국 현지 연구원들도 참여하고 있었다.

120명에 달하는 도시락 식품개발연구소에는 식품 관련
학과를 나온 연구원뿐만 아니라 요리사들도 대거 참여하고
있었다.

"좋습니다. 도시락마트에 공급되는 농수산물의 공급처는 확보하셨습니까?"

"예, 조선족 협동농장들과 계약을 맺어 쌀을 비롯한 각종 채소를 공급받기로 했습니다. 수산물 중 일부는 러시아와 북한에서 들여올 예정입니다."

"음, 운송에 문제가 없다면 러시아와 북한의 물량을 늘리십시오. 현지 물류센터 설립은 어디까지 진행되고 있습니까?"

"예, 동북 3성의 주요 도시마다 설립되고 있는 도시락마트의 물류 창고는 4월이면 모두 완공될 예정입니다. 현재 내부 공사가 진행 중입니다. 선양과 장춘, 하얼빈시에 부란이 짓고 있는 물류 허브센터는 올 8~9월에 선양부터 완공될 것 같습니다. 현재는 신의주 물류센터에서 제품을 선별하여 도시락마트로 보낼 예정입니다."

신의주에 건설된 부란의 물류 허브센터는 북한과 중국으로 보내는 제품들에 대한 수송 기지였다.

"도시락은 화려한 것이 아닌 가장 기본이 되는 것을 차지하면 됩니다. 중국 시장을 러시아처럼 차지한다면 도시락은 국내외의 어떤 식품 업체보다도 놀라운 성장과 이익을 가져올 것입니다."

"회장님의 말씀대로 중국 시장을 반드시 석권하겠습니다."

조상민은 자신감 넘치는 말로 답했다.

열정과 실력을 겸비한 조상민 대표라면 반드시 해낼 수 있을 것이라는 믿음이 있었다.

*   *   *

닉스홀딩스 산하 기업들에 대한 인사 처리를 대부분 끝냈다.

"승진 인사 처리와 자리 배치를 모두 끝마쳤습니다."

김동진 비서실장의 보고였다.

향후 닉스홀딩스가 더욱 도약하기 위한 인사였고 승진한 인물 중 상당수가 파격적인 인사였다.

닉스홀딩스 인사 시스템은 국내 정보팀의 도움을 받아 각 계열사의 핵심 인물들에 대해서 철저하게 조사했다.

맡고 있는 업무 처리 능력은 물론 인성과 주변 인물들과의 관계성, 평판 등과 같은 외부적인 상황 등도 인사 시스템에 등재된다.

가정 관계가 원만하지 않은 것도 승진 인사에 고려되었다.

가정이 편하지 않다면 회사 업무도 문제가 될 수 있기 때문이다.

닉스홀딩스 산하 기업들은 회사에 대한 맹목적인 충성을 강요하지 않았다.

불필요한 야근과 주말 근무를 철저하게 배제했다.

"잘하셨습니다. 올해는 직원들 모두가 합심해서 더욱 안정적인 성장을 이루어내야 하는 때입니다. 맨체스터 유나이티드의 인수 건은 어떻게 진행되고 있습니까?"

"예, 현재 루이스 정 이사가 런던에 머물면서 협상을 하고 있습니다. 전해온 바로는 알렉스 퍼거슨 감독이 우려의 목소리를 내고 있다고 합니다. 우리의 매입 제의를 장삿속으로 보는 것 같습니다."

맨체스터 유나이티드의 강력한 힘은 변함없는 지지를 보내는 팬과 알렉스 퍼거슨 감독이었다.

더구나 알렉스 퍼거슨 감독이 가지고 있는 맨체스터 유나이티드의 영향력은 막대했다.

"음, 비즈니스 측면에서 보면 장삿속이 맞겠지요. 맨체스터 유나이티드를 이용하여 닉스의 입지를 유럽에서 더욱 굳건히 하려는 것이니까요."

록스타들을 이용한 광고 효과로 닉스의 유럽 수출이 크게 늘었다.

하지만 일시적인 인기를 넘어서 유럽에서 성공하려면 맨체스터 유나이티드 인수만 한 것이 없었다.

"현지 여론도 부정적인 보도를 내고 있습니다."

1998년 언론 재벌 루퍼트 머독이 10억 달러에 맨체스터 유나이티드 인수를 시도했지만, 현지 열성 팬들의 강력한 반대에 부닥쳐 실패했었다.

"언론과 팬이 등을 돌리면 인수는 물거품이 될 것입니다. 제가 직접 현지로 가서 관계자들을 만나보지요."

"직접 가시겠다는 것입니까?"

"돈이 아닌 다른 쪽으로 접근해야 할 것 같습니다."

김동진 비서실장은 내 말이 무엇을 뜻하는지 알지 못하겠다는 표정이었다.

*　　　　*　　　　*

소빈뱅크 서울 지점에서 벌어들이고 있는 이익금은 국내의 시중 은행들과 큰 차이를 보였다.

은행 대부분이 기업 대출과 서민 대출을 통해서 이익을 내는 것과 달리 소빈뱅크는 주식과 선물에 직접적인 투자를 통하여 큰 이익을 내고 있었다.

거기에 러시아와 북한 신의주 특별행정구로의 송금 독점으로도 상당한 이익을 보고 있었다.

해외 송금 분야에서도 해외 주요 도시마다 지점이 있는

관계로, 다른 국내 은행보다 저렴한 송금 수수료로 이용 가능했다.

이로 인해 해외 수출입 관련 기업들과 해외 유학생들의 이용이 지속적으로 늘고 있었다.

한편으로 소빈뱅크는 나의 지시로 인해 기업 대출에도 적극적으로 임하고 있었다.

기업 대출의 주요 고객들은 대다수가 미르재단과 연관된 기업들이었다.

"이번 달에 개설된 주가지수 선물 시장에서 이익이 주식 시장의 직접투자를 넘어섰습니다."

그레고리의 설명처럼 이번 달에 주가지수 선물 시장을 개장했다.

이는 기존 역사보다 몇 개월이나 빠르게 이루어진 일이었다.

2월 1일에 금융 선진국으로 가는 첫 단추를 끼우기 위해서 나웅배 경제부총리와 홍인기 증권거래소 이사장이 증권거래소 한쪽에 걸린 주가지수 선물 시세 전광판의 불을 밝혔다.

정부는 주가지수 선물 시장이 자리 잡는 대로 내년에 주가지수 옵션과 금융 선물을 거래하는 파생 금융 상품시장을 열 방침이다.

"후후! 국내 기관들과 증권사들은 소빈뱅크 금융센터와 비교하면 이제 막 걸음마를 뗀 갓난아기 수준이지 않나?"

"하하! 물론입니다. 세계의 중앙은행들을 상대하며 투자를 진행하는 저희와는 많은 차이가 있습니다. 그 때문에 소빈뱅크의 이익이 증가하는 것이니까요."

각 증권사와 은행들에서 선물거래를 담당하는 인물들 대다수가 금융 선진국인 미국이나 영국 등에 보내져 선물거래를 위한 기본적인 교육을 받았다.

문제는 교육을 받고 한동안 거래 경험을 축적해야지만 투자에 대한 판단이 명확해진다.

소빈뱅크 금융센터의 인물들은 영국과 일본의 중앙은행을 상대로 승리한 인재들이다.

물론 미래를 알고 있었던 나의 도움을 받았지만, 0.01%의 순간 차익을 팔고 사는 선물 시장에서 거액을 벌어들일 수 있는 것은 우수한 직원들 덕분이었다.

"현재 한국 내 주가지수 선물 시장은 90% 이상 증권사의 자기매매로 채워지고 있습니다. 하루 동안만 선물 계약을 설정한 후 다시 청산해 버림으로써 하루 중의 가격 변동을 이용하는 투기적 거래 수법입니다. 저희는 그 틈을 파고들어 이익을 얻고 있습니다."

그레고리 옆에 앉아 있는 피터 쳉의 말이었다.

피터 쳉은 홍콩계 영국인으로 서울금융센터를 책임지고 있었다.

선물 시장에서의 투기적 거래는 주식시장이 오른다고 예측하면 팔고 내린다고 예측되면 사는 것이 가장 간단한 방법이다.

그보다 보수적인 전략에는 만기가 다른 선물 간의 가격 불균형을 이용한 스프레드거래도 있다.

스프레드거래는 두 개 이상의 선물 계약을 반대 방향으로 설정하는 투기적인 거래 형태다.

한마디로 동일 시장에서 다른 상품이 거래되는 경우 상대적으로 싼 것을 매수하고, 비싼 것을 매도해 이익을 추구하는 것이다.

"그리고 아직 한국 내 선물 시장은 헤지거래가 거의 없는 상태이기 때문에 증권사 간의 투기거래 기술 겨루기가 펼쳐지고 있습니다."

투기거래란 헤지거래와는 반대로 미래의 가격 변동을 예측하여 선물을 매도 또는 매수함으로써 시세 변동에 의한 차익을 목적으로 하는 거래다.

투기거래는 헤지(위험 회피)거래에서 회피된 가격 위험을 투기거래자가 떠안음으로써 높은 이익을 노리는 것이기 때문에, 시장 유동성 증가와 선물 시장 고유의 목적인 헤지거래가 원활하게 이루어지기 위해서는 투기거래의 존재가 필수적이다.

투기성이 강한 상품은 레버리지(지렛대) 효과가 높아 상황이 좋으면 높은 수익을 가져갈 수 있지만 반대로 상황이 나빠지면 막대한 손실을 얻을 수도 있다.

이미 몇몇 증권사가 투기거래를 통해 적잖은 손해를 보았다.

이 때문에 국내에 진출한 모건 스탠리는 내부 규정으로 투기거래를 할 수 없어 선물 시장에서 행해지는 차익거래에 집중하고 있었다.

"현재 소빈뱅크는 글로벌 소빈 시스템인 내부 인터넷을 이용한 선물거래용 전산 시스템을 구축했습니다. 이를 통해서 차익거래용 선물과 현물 주식 종목은 물론, 구성 비율을 알려주어 즉시 매매에 참여할 수 있습니다. 또한 매매 타이밍에서도 다른 증권사보다 0.05초 빠르게 주문을 낼 수 있습니다."

동시에 거래하더라도 소빈뱅크가 앞설 수 있는 시스템이다. 아직은 시장의 매매 패턴과 복잡성을 이용한 알고리즘 거래 시스템이 개발되지 않았다.

미래엔 개인 트레이너들도 볼 수 있는 전산 시스템이었지만 1996년 현재 이를 갖추고 있는 기업들은 세계적인 금융 그룹들뿐이었다.

그레고리와 피터 쳉의 설명은 한마디로 국내 증권사들을 가지고 놀고 있다는 말이었다.

뛰어난 인재들로 구성된 소빈금융센터는 다양한 국제 선물거래 경험과 거래 기술을 축적했다.

거기에 한발 앞서 나가는 전산 시스템을 구축한 소빈뱅크의 선전은 앞으로도 계속될 것이다.

"국내 증권사들이 이 사실을 알지 못하고 있겠군."

"예, 매번 저희에게 당하는 이유에 대해 머리를 감싸며 고민하고 있을 것입니다."

자신 있게 말하는 피터 쳉이었다.

백이면 백 소빈뱅크와 상대하는 국내 증권사들은 손해를 보았다.

그들의 허점과 매매 패턴을 한눈에 파악하고 있었기 때문이다. 더구나 그들을 가르친 인물이 근무하는 곳이 소빈 금융센터였다.

*   *   *

닉스홀딩스 산하 기업들의 업무 보고와 사업 진행들을 검토하고 조정하는 데만 한 달이 소요되었다.

기업들이 커지고 사업들의 규모 또한 이전과 같지 않기 때문이다.

작게는 수십억에서 수천억의 자금이 들어가는 프로젝트들이 한두 개가 아니었다.

사업들도 국내에만 머물지 않고 해외 사업들이 많이 늘어난 상황이었다.

영국으로 향하는 전용 비행기에 몸을 실었다.

맨체스터 유나이티드의 인수는 예상처럼 빠른 결론을 내리지 못했다.

현재의 운영진은 적자가 심한 맨체스터 유나이티드를 매각하고 싶어 했지만, 감독인 퍼거슨과 지역 팬들은 매각에 반대하고 있었다.

잘 알지도 못하는 동양의 작은 나라인 한국의 닉스가 맨체스터 유나이티드 FC를 인수한다는 것이 영국인들의 자존심을 건드린 것이다.

"영국의 축구단은 왜 인수하는 것입니까?"

앞자리에 앉은 김만철이 궁금한 표정으로 물었다.

"유럽에서 가장 인기 있는 스포츠가 축구입니다. 지금은 이탈리아 프로 리그인 세리에A가 인기를 구가하고 있지만. 조만간 영국의 프리미어리그가 유럽 축구의 대세로 떠오를 것입니다. 그 프리미어리그에서 가장 인기가 높은 구단이

맨체스터 유나이티드 FC입니다. 그 맨체스터를 이용하여
닉스의 유럽 정착을 돕고 인기를 지속시키기 위해⋯⋯."

닉스는 전 유럽에 걸쳐 인기를 얻고 있지만은 않았다.

러시아를 거쳐 동유럽에 먼저 진출한 닉스는 각 나라에
서 인기를 끌고 있는 스포츠의 영향을 받고 있었다.

농구가 인기를 얻는 나라들에서는 조던 시리즈의 판매가
급증했지만 그렇지 못한 나라에서는 조깅화와 테니스화 위
주로 인기를 얻고 있었다.

한국을 비롯한 아시아와 북미에서처럼 폭발적인 인기는
아직 얻지 못했다.

"아! 그러니까, 맨체스터 유나이티드 축구단을 인수해서
유럽을 공략하시겠다는 것이네요."

김만철은 내 설명에 이해가 된다는 표정을 지었다.

"예, 맨체스터 유나이티드의 광고 효과는 아주 큽니다.
영국과 북유럽에서는 일반 TV 광고보다도 영향력이 더 있
다고 말해도 됩니다. 그리고 향후 맨체스터의 몸값은 지금
과는 비교할 수 없을 정도로 올라갑니다."

앞으로 맨유는 1996~97년에는 시즌 우승을 차지했고,
1998~1999시즌은 프리미어리그와 FA컵, 그리고 UEFA 챔
피언스리그까지 석권한 황금의 해였다.

더구나 바르셀로나 캄프 누에서 열렸던 바이에른 뮌헨과

의 챔피언스리그 결승전에서 벌어진 기적의 3분을 통해서 역사에 기록될 장면을 연출한다.

0 대 1로 뒤진 후반 인저리 타임에 테디 셰링엄이 동점 골을 넣고, 올레 군나르 솔샤르가 역전 골을 마저 넣는다.

하지만 지금은 해마다 적자가 지속되고 있어 맨유 구단 운영이 쉽지 않았다.

"한데 인수에 대한 반대가 심하다는 소리를 들었는데 어떻게 인수하시려고 합니까?"

김만철에 옆에 앉은 티토브 정이 물었다.

티토브 정은 현지에서 인수 협상팀을 이끄는 루이스 정이 애를 먹고 있다는 소리를 김동진 비서실장에게서 전해 들었다.

"구단주는 설득했지만, 감독과 팬들이 문제지요."

"아니, 구단주가 판다고 하면 끝나는 것 아닙니까?"

질문은 던지는 김만철은 잘 이해가 되지 않는 표정이었다.

"그게 좀 미묘한 것이 있습니다. 하여간 인수는 가능하게 끔 할 것입니다. 앞으로 발생하는 맨체스터 유나이티드의 수익도 만만치가 않으니까요."

98~99시즌 유럽 프로 축구 3관왕에 오른 맨체스터 유나이티드는 일본에서 열린 인터콘티넨털컵에서도 남미 대표

팔메이라스마저 꺾고 우승컵을 차지했다.

그러자 97~98시즌에 벌어들인 돈은 8,790만 파운드로, 한화로 1,626억 원에 이르렀다. 2위는 7,220만 파운드를 차지한 레알 마드리드였다.

세계 최고의 클럽에 오르고 수익도 최고가 되었었다.

12시간의 비행 끝에 영국 런던에 도착하자마자 예약된 호텔로 향했다.

공항에는 모스크바에 미리 파견된 룩오일NY의 비서진과 경호대가 도착해 있었다.

그리고 공항에는 주영 러시아 대사인 콘스탄틴 브누코프 대사가 마중을 나와 있었다.

"영국에 오신 걸 환영합니다. 러시아에서의 도움은 정말 감사드립니다."

"하하하! 별말씀을 다 하십니다. 필요한 것이 있으면 언제든지 말씀하십시오."

콘스탄틴 대사의 어머니가 심장병으로 소빈 메디컬센터에 입원하여 치료를 받았다.

최상의 의료진에게서 심장 수술을 받은 그의 어머니는 무사히 치료를 마치고 퇴원하여 건강하게 생활하고 있었다.

"이제는 제가 회장님을 도와야지요. 말씀하신 대로 퍼거슨 감독과 자리를 마련했습니다."

콘스탄틴 브누코프 대사와 맨체스터 유나이티드의 알렉
스 퍼거슨 감독은 친분이 있었다.

그가 영국에서 유학할 때 묵었던 하숙집이 퍼거슨 감독
의 어머니 집이었다.

5년간의 유학 생활 동안 축구를 좋아하는 콘스탄틴 대사
는 퍼거슨과 깊은 유대 관계를 맺었고, 지금까지 유지되고
있었다.

"감사합니다. 일이 잘 진행되면 신세는 꼭 갚겠습니다."

"하하! 아닙니다. 제가 회장님을 도울 수 있다는 것만으
로 만족합니다."

콘스탄틴 대사는 다른 러시아 관료들처럼 나와의 친분을
맺기 원했다.

러시아 정·재계에 막대한 영향력을 행사하고 있는 나의
위상은 하루가 다르게 높아지고 있었기 때문이다.

이미 나와 관계를 맺고 있는 러시아의 관리들이 고위직
에 올라서고 있다는 것을 콘스탄틴 대사도 잘 알고 있었다.

콘스탄틴의 영접과 함께 한국에서 동행한 경호원들과 현
지에 도착한 오십 명에 이르는 경호원의 경호를 받으며 호
텔로 향했다.

템즈 강변에 자리 잡은 닉스메리어트 호텔은 닉스호텔에서 50%의 지분을 가진 최고급 호텔이다.

탁 트인 전망과 자연스러운 채광이 비치는 호텔 객실에서 바라보는 템즈강의 탁 트인 풍광은 아름답다는 감탄사가 절로 나왔다.

닉스호텔 또한 공격적으로 세계 각지의 호텔들에 대한 인수를 진행하고 있었다.

닉스메리어트 지분 인수 후 내부 시설에 대한 인테리어 공사가 이루어졌다.

닉스호텔의 전속 인테리어 디자이너인 가이 올리버가 설계한 내부는 전통적이고 품위 있는 영국 고급 저택을 연상시켰다.

모든 방에는 훌륭한 미술품들이 장식되었고, 신고전풍의 분위기와 함께 개별적인 맞춤 가구들과 부드러운 조명으로 치장되어 있다.

닉스메리어트 호텔에 도착하자 연락을 받은 지배인과 직원들이 마중을 나와 있었다.

멋진 콧수염을 기른 호텔 지배인은 영국 신사의 전형적인 모습이었다.

그들은 십여 대의 차량에 호위를 받는 나의 모습에 놀라는 표정이 역력했다.

마치 국가 원수의 행차를 연상시켰기 때문이다.

"회장님을 모시게 되어 영광입니다. 머무시는 기간 동안 최선을 다하겠습니다."

"잘 부탁하겠소."

"이쪽으로 오십시오."

지배인의 안내로 호텔에 들어서자 호텔 내에도 곳곳에 코사크 경호원들의 모습이 보였다.

모스크바 폭발 사고 이후 백여 명의 인원들이 나를 경호했다. 이는 외국을 방문하는 미국의 대통령을 경호하는 수준이었다.

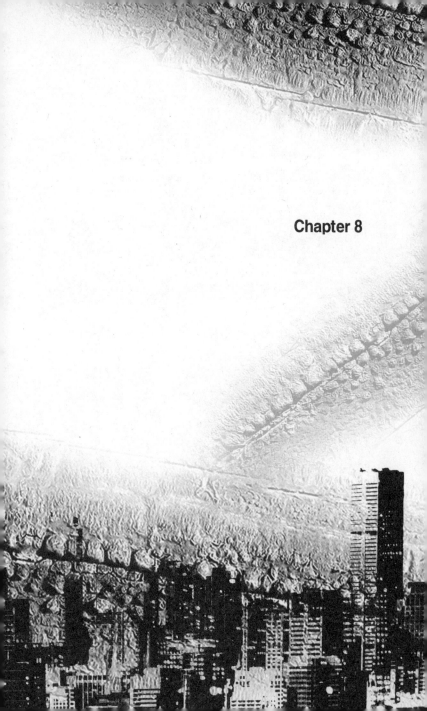

Chapter 8

닉스메리어트 호텔에서 맨유를 맡고 있는 알렉스 퍼거슨 감독을 만났다.

템즈강의 타워 브리지가 훤히 보이는 최상층에 있는 블루멘탈 레스토랑에서 그를 만났다.

멋진 경치와 함께 뛰어난 음식 맛을 맛볼 수 있는 블루멘탈 레스토랑은 런던에서 크게 인기 있는 장소였다.

다른 사람들을 대동하지 않은 채 단둘이 그와 이야기를 나누기 위해 레스토랑 전체를 빌렸다.

레스토랑에는 김만철과 티토브 정을 비롯한 경호원 몇

명과 호텔 직원들뿐이었다.

"하하! 평상시에도 자리를 잡기가 힘든 곳을 통째로 빌리시다니 대단합니다."

퍼거슨은 한적하고 조용한 레스토랑이 마음에 든 것 같았다.

"조용하게 이야기를 나누고 싶었습니다."

"구단 측에 제 생각을 충분히 전달했습니다. 축구는 돈으로 하는 게임이 아닙니다."

"물론입니다. 저도 축구를 무척이나 좋아합니다. 맨체스터 유나이티드를 저희가 인수한다고 하더라도 변화하는 것은 아무것도 없습니다. 감독님을 비롯한 선수들 모두 말이지요."

"후후! 구단 측에 인수를 위해 제시한 금액을 보고서 변화가 없다는 말은 믿기 힘든 말입니다. 돈이 투입된 만큼 선수들의 위치와 구단 운영도 달라질 수 있겠지요."

닉스가 제시한 인수 금액은 8억 달러였다.

지금까지 프로스포츠 구단이 매각된 금액 중 최고 금액이었다.

퍼거슨 감독은 구단주가 바뀜으로 인해서 구단 프런트에 의해 선수단에 대한 영향력이 확대될 것을 우려했다.

실제로 영국의 프로 축구단이 팔리면서 감독을 비롯한

선수들 물갈이가 구단 프런트에 의해 행해졌다.

구단 운영 개선을 위해서 값나가는 선수를 외부에 팔거나 입장료를 올리는 등의 움직임을 보였다.

선수 기용의 문제에서도 구단의 입김이 강화되는 문제가 발생하기도 했다.

"그건 염려하지 않으셔도 됩니다. 절대로 감독님의 고유 권한을 건드리는 일은 절대 없을 것입니다. 지금처럼 감독님이 선수단을 이끌어주시기만 합니다."

"막대한 돈을 쏟아붓고 인수한 구단을 아무런 조처 없이 지금처럼 운영하겠다. 후후! 그 말을 진심으로 믿고 싶군요."

올해 55살이 된 퍼거슨은 나의 말을 진심으로 받아들이지 않는 눈치였다.

"물론 많은 자금을 들여서 인수한 구단을 활용하지 않겠다는 뜻은 아닙니다. 인수 주체인 닉스가 유럽에서 안정적인 정착을 하기 위해 맨체스터 유나이티드를 홍보에 이용할 것입니다. 한편으로 구단의 수익 증대를 위해서 각종 맨유와 관련된 상품을 개발하여 판매할 계획도 갖고 있습니다."

퍼거슨 감독에게 앞으로의 계획을 솔직하게 이야기했다.

"만약 인수가 이루어지면 선수 수급에 얼마나 투자를 할 계획이십니까?"

"감독님이 원하는 선수가 있다면 돈이 얼마가 되든지 간에 데려오도록 하겠습니다. 그리고 제가 지금 하는 이야기는 지금까지 누구에게도 말하지 않은 것입니다. 닉스 미국법인이 운영 중인 ESPN을 통하여 영국의 프리미어리그를 북미에 적극적으로 소개할 계획입니다. 이를 위해서 프리미어리그 운영국과······."

영국의 프리미어리그는 잉글랜드축구협회 산하 프리미어리그가 운영하는 축구 리그다.

앞으로 전 세계에서 가장 인기 있는 프로 축구 리그이자 가장 많은 축구 팬들이 시청하는 프로 축구 리그로 성장한다.

프리미어 리그는 거기에 머물지 않고 상업적인 면에서도 이익을 가장 많이 내는 성공한 프로 스포츠 리그였다.

본래는 풋볼 리그 산하 최상위 리그로서 디비전 1이었다. 다시 말해 1부 리그라는 명칭을 사용했으나, 1985년 5월에 리버풀 FC의 훌리건들로 인해 39명이 사망한 헤이젤 참사와 셰필드에 있는 힐즈버러 스타디움에서 96명의 관람객이 사망한 힐즈버러 참사가 일어나면서 리그의 체질을 개선하자는 의견이 힘을 얻었다.

그에 따라 영국 프로 축구는 1992년에 여러 제도를 재정비해 프리미어리그라는 이름으로 새롭게 출범했다.

"음, 프리미어리그를 세리에A보다 더 활성화한다는 것입니까?"

나의 설명에 퍼거슨 감독의 표정이 확연히 달라졌다.

현재는 이탈리아 프로 축구인 세리에A가 유럽 축구를 주도하고 있었다.

영국의 국가 대표급 선수들도 세리에A에서 상당수 뛰고 있었다.

"예, 그 중심에 맨체스터 유나이티드가 있어야 합니다. 저희는 북미뿐만 아니라 아시아 쪽도 공략할 것입니다. 명실상부하게 프리미어리그를 프로 축구의 대명사로 만들 준비가 되어 있습니다."

영국, 스페인, 독일, 이탈리아 등 유럽의 4대 프로 축구리그들은 저마다 자신들의 축구 리그를 활성화하려고 무던히도 애를 쓰고 있었다.

각 리그의 인기가 곧바로 돈이 되기 때문이다.

TV 중계권료를 비롯한 유명 팀들의 스폰서 계약에서 높은 금액을 받을 수 있는 것도 프로 축구 리그의 활성화와 인기에 달려 있었다.

'말한 대로 이루어진다면 맨유만의 문제가 아니데… 프리미어리그가 지금보다 발전하려면 투자가 이루어져야 하

는 것이 맞겠지…….'

"지금 제게 말한 이야기가 모두 사실입니까?"

"물론입니다. 저희는 그만한 재력과 애정을 가지고 있습니다. 맨체스터는 물론 프리미어리그를 유럽 제일의 리그로 만들 수 있습니다."

"저는 그렇다 치고 맨유 팬들도 이해할 만한 청사진이 있어야 합니다."

처음 나를 대했던 퍼거슨 감독의 표정과 말투가 달라졌다.

"준비되어 있습니다. 팬들이 원하는 것은 맨유의 우승이 잖습니까? 그에 걸맞은 선수 영입과 구단 시설에 대한 투자가 대대적으로 이루어질 것입니다. 또한 팬들을 위해 올드 트래퍼드 경기장에 대한 시설 투자를 단행할 것입니다. 이를 위해 인수 금액과 별도로 2억 달러를 투자할 예정입니다."

나의 말에 퍼거슨 감독은 고개를 끄떡이며 긍정적인 신호를 보냈다.

그리고 잠시 생각을 한 후에 입을 열었다.

"음, 좋습니다. 저는 닉스가 맨유를 인수하는 것에 대해 반대하지 않겠습니다. 하지만 맨유 팬들과 여론은 회장님께서 해결하셔야 할 문제입니다."

퍼거슨 감독이 반대하지 않는다면 문제의 70%는 해결된 것이다.

"감사합니다. 한 가지 부탁을 드려도 되겠습니까?"

"무엇을 말입니까?"

"러시아의 언론사인 모스크바 방송과 인터뷰를 해주십시오. 인터뷰에서 제게 말씀해 주신 것처럼 인수에 대한 솔직한 심정을 간략하게 말씀만 해주시면 됩니다. 인터뷰는 1998년 프랑스에서 열리는 월드컵에 대한 인터뷰가 주가 될 것입니다."

난 일부러 영국 언론과의 인터뷰를 내세우지 않았다. 퍼거슨 감독에게 부담감을 주지 않기 위해서였다.

모스크바 방송과의 인터뷰에서 이슈가 되고 있는 인수 문제를 퍼거슨이 우회적으로 슬쩍 던지면 된다.

모스크바 방송에서 인터뷰가 나가면 분명 영국 언론들도 그 내용을 보도할 것이다.

그의 생각이 방송에 나가면 맨체스터 유나이티드에서 절대적인 위치에 있는 퍼거슨의 영향력을 맨유 팬들도 받을 수밖에 없었다.

"하하! 알겠습니다. 이처럼 준비가 철저하시니, 회장님에게 맨유의 미래를 맡겨도 될 것 같습니다."

퍼거슨 감독은 특유의 미소를 지으며 말했다.

때를 같이해 먹음직스러운 랍스터가 나오고 있었다.

*　　　*　　　*

영국 공영 TV 방송인 BBC와 민영 방송인 ITV에 닉스 광고가 대대적으로 방영되었다.

닉스의 디자이너인 영국 출신의 알렉산더 맥퀸과 슈퍼모델인 케이티 모스, 그리고 비틀스의 폴 매카트니가 출연한 광고였다.

광고에 흘러나오는 경쾌한 CM송도 폴 매카트니가 만든 노래였다.

광고는 알렉산더 맥퀸이 디자인한 옷과 신발을 케이티 모스가 입고서 폴 매카트니와 함께 무대에 올라 함께 공연을 펼치는 내용이었다.

무명의 가수가 무명 디자이너의 감각적이고 파격적인 옷과 신발을 신은 모습에 반해 유명 가수인 폴 매카트니의 선택을 받는 것이 핵심이었다.

그리고 성공적인 무대를 펼치고 내려오는 케이티 모스를 향해 닉스가 후원하고 있는 록 밴드들이 함께 공연하기 위해 구애하는 모습도 담겨 있었다.

특유의 영국식 스토리 영화 기법으로 제작된 광고였다.

광고가 나가자 단숨에 영국 시민들의 눈을 사로잡았다.

그리고 며칠 뒤 모스크바 방송과 퍼거슨 감독과의 인터뷰가 영국 언론에 소개되었다.

─맨체스터 유나이티드의 인수에 대해 어떻게 생각하십니까?

─저는 인수에 반대하지 않습니다. 인수를 추진하는 닉스는 축구를 사랑하는 스포츠 기업으로 알고 있습니다. 맨유와 팬들을 위한 적극적인 투자를 해주었으면 좋겠습니다.

퍼거슨은 그동안 영국 언론과의 인터뷰에서 맨유 인수에 대한 불편한 심기를 드러냈었다.

달라진 퍼거슨의 견해에 대해 영국 언론은 다양한 의견을 내어놓고 있었다.

퍼거슨과 함께 코치진도 닉스에 대해 기대를 한다는 인터뷰가 실리자 맨유 팬들의 기류도 변화하기 시작했다.

때를 같이해 닉스는 맨체스터 유나이티드에 2억 달러를 투자할 것이라는 발표를 했다.

맨체스터 유나이티드 인수의 총책임자인 루이스 정 이사도 영국 BBC와의 인터뷰에서 ESPN을 언급했다.

ESPN의 언급되자 영국축구협회와 맨유 팬들은 닉스에 대해 다시 보기 시작했다.

한편으로 영국의 언론들이 닉스에 대한 기사를 쏟아내기 시작했다.

닉스가 아시아에 있는 조그마한 회사가 아닌 세계적인 스포츠 기업이라는 것과 이미 북미에서는 나이키와 아디다스의 매출을 넘어섰다는 내용을 전했다.

"여론이 우호적으로 돌아섰습니다."

루이스 정이 영국 신문인 더 타임과 가디언지를 들어 보이며 말했다.

두 신문뿐만 아니라 다른 신문들에도 맨체스터 유나이티드의 인수와 투자로 발생하는 경제적인 이익이 영국 경제에도 도움이 된다는 기사가 실렸다.

닉스의 합리적인 기업 운영과 북미와 아시아에서의 인기가 폭발적이라는 기사도 함께였다.

한편으로 ESPN을 통해서 프리미어리그가 북미와 아시아로 방영되면 각 구단에 스폰서 계약을 통한 경제적인 이익들이 상당할 것이라는 내용도 들어 있었다.

"하하하! 잘되었습니다. 영국 정부가 제기한 공정 경쟁 규정에 대한 위반 조사도 별탈 없이 진행되겠네요."

영국 축구 팬들과 언론들이 일제히 인수에 대한 우려를 제기하자 영국 정부는 공정 경쟁 규정을 내세우며 맨유 인수에 대한 조사를 진행할 것이라고 발표했다.

"예, 지방선거 때문에 영국 정부가 공정 경쟁을 들고 나온 것이니까요. 여론과 맨유 팬들이 인수에 대한 긍정적인 신호를 보내는 지금은 조사를 보류할 것이 확실합니다."

선거를 위해서 여론의 눈치를 살폈기 때문에 달라진 분위기를 감지한 영국 정부는 여론에 반대되는 행동을 하지 않을 것이다.

그러나 몇 달 후에 진행된 지방선거에서 영국 집권 보수당은 노동당에 참패한다.

그 후에 벌어진 총선에서도 토니 블레어가 이끄는 노동당에 패하고 말았다.

"그렇다면 며칠 내로 인수에 대한 결정을 내릴 수 있겠네요?"

"예, 95% 가능하다고 봅니다. 하여간 회장님의 지원사격이 이번 인수에 가장 큰 걸림돌들을 제거했습니다. 언제 그렇게 준비를 하신 것입니까?"

루이스 정은 영국 여론을 돌리기 위해 펼쳐진 TV 광고와 퍼거슨 감독을 설득한 것에 대한 것을 물었다.

'후후! 맨유 인수가 실패한 적이 있다는 것을 이야기할 수도 없고……'

"실패에 가정하여 대안을 하나씩 세워둔 것뿐입니다. 그리고 저 혼자서 한 것이 아니라 정 이사님이 계셨기 때문에 성공한 것이지요."

내 말에 루이스 정은 빙그레 웃으며 하얀 이를 드러냈다.

사실 98년, 언론 재벌 루퍼트 머독이 진행했던 맨체스터 유나이티드 인수 실패에 대해 알고 있었다.

　맨유 팬과 영국 내 분위기를 무시한 채 머독은 맨유 운영자들과 맨유 주주들에만 신경을 썼다.

　저돌적인 인수 합병으로 유명했던 머독은 맨유 구단과 인수에는 합의했지만, 맨유 열성 팬들의 조직적인 반대 운동과 여론, 그리고 영국 정부의 개입으로 결국 실패를 맛보았다.

　그가 진행했던 인수 합병에서 유일하게 실패한 일이었다.

Chapter 9

맨체스터 유나이티드 FC에 대한 인수가 최종적으로 확정되었다.

예상한 것처럼 여론이 뒤바뀌자 영국 정부는 진행하기로 했던 공정 경쟁에 대한 조사를 철회하기로 결정했다.

그 결정이 공식화되자 맨유에 대한 인수 절차가 일사천리로 진행되었다.

언론에 알려진 대로 인수 금액은 8억 달러가 되었다.

98년 머독이 진행했던 10억 달러보다 적었지만, 역사상 프로스포츠 구단을 인수하는 금액 중 최고 금액이었다.

영국을 대표하는 명문 프로 축구단인 맨체스터 유나이티드의 인수는 정말 꿈만 같은 일이었다.

미래의 일이지만 박지성 선수가 맨유에서 유니폼을 입고 뛰는 모습을 보는 것만으로도 가슴이 뛰었었다.

"하하하! 정말 수고했습니다. 여러분들에게는 맨유의 경기를 평생 공짜로 볼 수 있도록 해드리겠습니다."

난 샴페인 잔을 높이 들며 말했다.

닉스메리어트 호텔에서 열린 축하 파티에 인수를 진행한 직원들이 모두 모였다.

"와! 좋습니다."

"이야! 회장님 최고입니다."

영국에 근무하는 남자 직원들 모두가 환호성을 내질렀다. 파티에 참석한 남자 직원 중 상당수가 맨유 팬이었다.

"미국에서 축구 경기를 보려고 영국까지 날아와야 하잖아요. 그리고 전 축구는 큰 관심이 없어요."

인수 책임자였던 루이스 정이 미소를 지으며 말했다.

"하하! 그럼 어떤 거로 보상해 드릴까요?"

"회장님처럼 멋진 남자 좀 소개시켜 주세요."

루이스 정은 올해 34살로 노처녀 소리를 듣고 있었다.

"이런 어쩌죠. 저처럼 멋진 남자는 세상에서 단 하나뿐인데."

"호호! 그럼 비슷한 사람이라도 소개해 주시면 되겠네요. 요즘 들어 옆구리가 매우 허전하네요. 연애를 해본 지도 오래되었고요."

루이스 정이 일에 파묻혀 살 정도로 룩오일NY와 닉스홀딩스와 연관된 인수 합병이 계속되고 있었다.

"설마 남자를 소개받으시면 일을 그만두시는 것은 아니시지요?"

"회장님 하시는 것 봐서요. 절 너무 부려먹으시니까요."

그녀의 말처럼 회사의 성장에 따른 인수 합병이 다른 기업보다 많았다.

올해 말쯤 소빈뱅크와 닉스홀딩스가 자금을 투자하여 인수 합병을 전담하는 회사를 만들 생각이다.

그곳의 책임자는 당연히 루이스 정이었다.

97년 IMF 외환 위기 이후 98년부터 이어지는 기업들의 파산과 부도와 함께 수많은 기업들이 인수 합병 시장에 쏟아져 나온다.

외국 금융기관과 기업에게 넘기지 말아야 할 핵심 회사들을 새롭게 세워질 NS코리아를 통해 인수할 예정이다. NS코리아는 닉스와 소빈뱅크의 영문 알파벳에서 따왔다.

"하하하! 너무 정곡을 찌르시니까 제가 할 말이 없습니다. 제가 비서실을 통해서라도 정 이사님의 남자 친구를 꼭 찾아드리겠습니다."

"호호호! 기다리고 있겠습니다."

루이스 정은 샴페인이 담긴 잔을 내게 내밀며 말했다.

"물론입니다."

잔을 부닥친 후에 잔에 담긴 샴페인을 단숨에 비웠다.

파티에 참석한 직원들 모두가 즐겁고 기쁜 표정들이었다.

자신들의 손으로 세계적인 축구단을 인수했다는 것이 믿기지 않은 듯 연신 맨유와 연관된 이야기들로 꽃을 피웠다.

맨체스터 유나이티드를 욕심내는 회사들이 적지 않았지만, 실제 인수에 참가한 회사는 한두 개뿐이었다.

다들 자금 조달과 함께 인수 후 팀 관리에 있어서 맨유의 핵심 관계자들을 만족시키지 못했다.

다음 날 맨체스터 유나이티드를 인수하는 공식 계약서에 사인했다.

인수 자금은 닉스홀딩스와 룩오일NY가 각각 2억 5천만 달러를 투자해 5억 달러를, 나머지 3억 달러는 닉스가 지급했다.

인수 주체인 닉스는 맨유 지분의 35%를 소유하게 되었고 나머지는 54%는 닉스홀딩스와 룩오일NY가 나누어 가졌다.

맨유의 11% 지분은 소액주주들이 나눠 가지고 있었다.

앞으로 맨체스터 유나이티드의 유니폼에는 닉스홀딩스와 룩오일NY 산하 계열사들의 이름이 자주 등장할 것이다.

닉스에 의한 맨체스터 유나이티드의 인수 소식은 전 세계의 언론사들이 앞다투어 전했다.

특히나 유럽의 언론들은 맨유의 인수 주체인 닉스에 대한 특집 기사를 내보내기 시작했다.

세계적인 스포츠 기업인 아디다스와 리복도 해내지 못한 일을 한국의 닉스가 해냈다는 것은 그들 입장에서는 커다란 충격이었다.

더구나 맨유 인수는 아시아에서 독자적인 스포츠 브랜드를 가진 일본도 시도하지 못한 일이었다.

유럽의 TV 방송과 신문사들이 일제히 쏟아낸 기사들로 인해 유럽의 젊은 층에서 닉스에 대한 관심이 일어나기 시작했다.

"닉스의 인지도가 전달에 2배 이상으로 크게 상승했습니다. 이 모든 게 맨유 인수에서 비롯된 것 같습니다."

닉스 유럽 지사의 지사장인 정문수의 말이었다.

그의 말처럼 몇몇 나라에서 인기를 얻고 있던 닉스가 유럽 전역에서 호감도가 크게 상승했다.

"아직은 판매로 곧장 이어지지 않을 것입니다."

"예, 하지만 유럽 전체의 언론들이 닉스에게 관심을 나타낸 것은 처음입니다."

"그게 맨유의 힘입니다. 앞으로 맨유를 어떻게 이용하느냐에 따라서 닉스의 매출이 크게 달라질 것입니다. 먼저 유럽 각국의 백화점에 진출하십시오."

"그렇지 않아도 영국과 프랑스, 그리고 독일 현지 백화점들이 닉스 입점에 대한 문의를 해왔습니다."

"좋은 소식이네요. 앞으로 다른 나라들도 관심을 드러낼 것입니다. 한국 공장과 물량 공급 문제도 미리 이야기를 나누십시오. 백화점에 이어서 닉스 판매장을 늘려야 하니까요."

"예, 제가 다음 주에 한국으로 직접 들어가서 한 대표님과 이야기를 나눌 예정입니다."

"북미에서 나이키를 앞선 것처럼 아디다스와 리복을 꼭 잡으십시오."

"물론입니다. 이렇게 든든한 지원군을 붙여주셨는데요."

"기술연구소에서도 맨유 선수들이 신을 축구화를 연구 중입니다. 내년 시즌에는 맨유 선수들 모두가 닉스 축구화를 신고 경기에 임할 것입니다."

맨유를 인수할 계획을 추진할 때부터 축구화 개발에 들어갔었다.

한편으로 뒤늦게 맨체스터 유나이티드의 인수 소식을 들은 한국의 언론들은 어리둥절한 표정이었다.

세계적인 명문 축구 클럽인 맨유를 한국의 닉스가 인수했다는 것을 믿기지 않아 했다.

그리고 아직 한국의 국민은 프리미어리그보다는 차범근 선수가 뛰었던 독일의 분데스리가를 더 잘 알고 있었다.

*　　　*　　　*

이대수 회장은 대산그룹 회장실에서 경제 동향을 보고받고 있었다.

"닉스가 영국의 맨체스터 유나이티드 축구단을 8억 달러에 인수했습니다."

"맨체스터라면 영국의 명문 프로 축구팀이 아닌가?"

정용수 비서실장의 보고에 이대수 회장은 반문했다.

"예, 영국의 프로 리그인 프리미어리그에서 여러 번 우승을 차지한 팀입니다."

"명문 팀이기는 하지만 8억 달러라는 거금을 투자할 가치가 있는 거야?"

이대수 회장은 닉스의 투자가 잘 이해되지 않았다.

"닉스의 유럽 진출을 위한 마케팅 수단으로 이용하려는

것 같습니다. 저도 8억 달러를 쓸 정도로 값어치가 있다고
는 보지 않습니다. 맨체스터 유나이티드는 영국과 유럽의
소수 나라에서만 인기를 얻는 팀입니다."

정용수 비서실장도 닉스의 행보를 이해하지 못했다.

아니, 정확하게는 맨체스터 유나이티드가 가지고 있는
진정한 값어치를 모르고 있었다.

대산그룹은 한라그룹과 더불어 스포츠를 이용한 마케팅
에 돈을 잘 쓰지 않는 기업 중의 하나였다.

"음, 이번에는 강 회장이 투자를 잘못한 것 같군. 7천억
원이 넘는 돈을 축구단에 쏟아붓다니."

"지금까지 프로 구단을 인수한 금액 중에서도 최고 금액
이라 합니다. 닉스가 상당한 흑자를 내고 있지만, 그 규모
에 비해 너무 큰 투자 금액입니다. 국내에는 알려지지 않았
지만, 현지 언론에서는 맨유에 2억 달러를 더 투자한다는
이야기가 있습니다."

"허허! 이거 정말 상식적이지가 않아. 지금까지 강태수가
보여준 거와는 전혀 다른 모습이야. 한데 인수 자금은 어디
서 융통한 거야?"

"아직까지 알려지지 않았습니다. 저희가 추측하기로는
닉스홀딩스가 계열사 주식을 담보로 은행권에서 융통한 것
으로 보입니다."

"정말이지 문어발이 따로 없군. 너무 공격적인 행보야. CDMA 상용화가 성공해서 그런가?"

닉스홀딩스가 추진하는 일 중에는 작은 사업이 없었다. CDMA 상용화가 성공적으로 이루어지자 각 통신 전자 회사는 CDMA용 단말기 제조에 본격적으로 들어갔다.

단말기 제조에 들어가는 통신 칩의 독점적 공급 업체가 신의주 특별행정구에 세워진 블루오션 반도체 공장이었고, 거기에 한 발짝 더 나아가 CDMA가 단말기 제조에 따른 특허사용료를 받는 기업 또한 퀄컴이 아닌 블루오션이었다.

해당 기업들은 이런 사실에 큰 충격을 받았다.

"그런 면도 없지 않은 것 같습니다. CDMA의 상용화 성공으로 블루오션에서 올해 벌어들이는 이익금이 2천억 원에 달할 것 같습니다. 그 금액은 단말기 수요가 늘어날수록 높아질 것입니다."

"대단한 친구이긴 하지만 이번 맨유의 인수는 큰 패착이야. 블루오션에서 몇 년간 나올 흑자를 엉뚱한 곳에 쏟아부었으니 말이야."

"예, 지금 닉스홀딩스의 행보는 미래에 벌어들일 돈까지 끌어다가 새로운 기업 인수에 투자하는 모습입니다. 철강과 정유, 화학, 반도체, 호텔 사업에 이르기까지 투자된 자금만 10조에 다다를 것으로 추정하고 있습니다. 이 중 한두 개 회사에서 자금 경색이 일어나면 도미노처럼 닉스홀딩스의 계열사 전체로 번질 수 있는 여지가 충분합니다."

"내 눈에도 부실화가 일어날 수 있는 여건이 보여. 닉스홀딩스가 흔들리면 우리가 챙길 수 있는 회사를 선별해 놔봐. 미래는 아무도 모르니까 말이야."

"예, 검토해 놓겠습니다."

외부에서 비친 닉스홀딩스의 행보는 너무나 무모하게 보였다.

이번 맨체스터 유나이티드의 인수를 두고도 국내 일부 언론에서는 애써 벌어들인 외화를 낭비한 것이라는 말까지 나왔다.

*   *   *

맨체스터 유나이티드 인수를 성공적으로 끝낸 후 영국 런던에 자리 잡고 있는 소빈뱅크 유럽금융센터를 방문했다.

86년 10월 27일 취해진 영국 정부의 금융 완화 조치인 빅뱅 이후 영국은 세계 금융시장의 메카로 부상하고 있었다.

런던의 시티 금융 지구 내에 자리 잡고 있는 유럽금융센터에서는 주식은 물론이고 세계 각국의 외환거래와 선물거래에 집중하고 있다.

현재 13개의 한국 기업을 비롯한 460여 개의 해외 기업이 런던증권거래소(LSE)에 상장되어 활발히 거래되고 있었다.

영국 금융사들의 행보가 눈에 띄는 이유는 국내 증시 침체로 해외에서 투자 자금 조달에 어려움을 겪고 있는 한국 기업 대상의 주관사 업무에서 잘 드러나고 있다.

미국의 투자은행들이 주식공개물량 소화에 번번이 실패한 기업에 대해서도 영국의 증권사들은 무난히 소화하는 성과를 보였다.

실제로 국내에서 처리하지 못한 1억 8천만 달러에 이르는 조흥은행 주식을 영국의 한 증권회사가 런던 시장에서 소화시켰다.

런던 증권거래소에 상장된 해외 기업의 숫자와 거래 대금은 뉴욕 주식시장에 비교해 두 배나 된다.

금융은 경제체제 전반에 있어 심장과 혈맥 역할을 한다.

실물경제 활동을 지원하는 윤활유이자, 자체 산업으로서도 고부가가치 양질의 일자리를 만들어낼 뿐만 아니라 연관 서비스 산업 발전에 촉진제 역할을 한다.

이런 점을 영국은 바로 알고 있었다.

86년부터 과감한 제도 개선과 파격적 규제 완화, 해외 투자 유치, 유연한 노동시장과 전문 인력 육성을 통한 금융 허브 전략을 통해서 금융 발전을 끌어내고 있었다.

이제는 영국 경제에서 금융 분야가 차지하는 비율이 5%를 넘어서고 있었다.

"찾아주셔서 영광입니다."

유럽금융센터를 책임지고 있는 길버트가 나를 맞이했다.

올해 32살이 된 길버트는 영국 옥스퍼드와 MIT에서 수학과 경제학을 전공한 인물이다.

천재적인 머리로 16살에 이미 대학에 입학했다.

미국에서 교수 생활을 잠깐 하다가 투자 기업을 만들었지만, 경험 부족으로 파산한 경험이 있다.

소빈뱅크 뉴욕 지점의 존 스콜로프의 소개로 그를 만났고 소빈뱅크 은행장인 이고리와 함께 그를 실력을 경험했다.

작년 일본 엔화 공략에서 길버트가 보여준 전략과 판단으로 인해 예상보다 50% 이상의 이득을 보았다.

"잘 돌아가고 있나?"

"예, 든든한 지원 덕분에 꾸준한 수익을 내고 있습니다."

유럽금융센터에도 다른 소빈뱅크 지점들처럼 자체적인 전산망을 갖추었다.

유럽금융센터의 이익은 올해에 들어서자 모스크바 금융

센터를 앞서가고 있었다.

유럽금융센터는 45명의 직원이 근무하고 있었다.

다들 각자의 책상에 올려진 모니터들이 보여주는 각종 차트와 자료들에서 눈을 떼지 못하고 있었다.

이들은 달러, 엔화, 마르크화 등 국제 금융시장에서 통용되는 외환과 파생 상품을 싼 시점에 사들이고 비쌀 때 팔아 그 차액을 남긴다.

외환거래는 판단력과 결단력, 순발력, 그리고 대담함을 요구하는 직업이었다.

"이곳의 원칙은 무엇인가?"

나를 안내하는 길버트에게 물었다.

"저희 딜링에서는 환율의 움직임을 객관적으로 분석하고 예측하는 것도 중요하지만, 그보다 더 중요하게 여기는 것은 유연한 대응력과 대담함입니다. 저는 항상 직원들에 이 두 가지를 요구하고 있습니다."

"대응력은 알겠는데 대담함은 왜 필요한 거지?"

"대담함이 꼭 필요한 이유는 손해가 발생하게 되었을 때 그 일을 빨리 잊어야 하기 때문입니다. 그 손해액이 하루에 수십만 달러에서 수백만 달러가 될 수도 있습니다. 그걸 극복하지 못하면 평정심을 가지고 지속적인 거래를 할 수 없습니다. 거래를 진행할 때는 감정적인 동요 없이 기계적인 대응을 필요로 합니다."

"음, 그렇군. 모스크바보다 이익을 앞선 비결은 무엇 때문인가?"

나는 길버트의 말에 고개를 끄떡이며 말했다.

"리스크 관리와 팀워크입니다. 시장은 저희의 예측대로 움직이지 않습니다. 딜러의 목표는 수익의 극대화지만 리스크 관리 없이는 수익을 끌어올리거나 지속할 수 없습니다. 손실의 발생 횟수와 크기를 제어할 수 있는 딜러만이 빅 파이를 먹을 수 있습니다."

"미국의 경기 강세 예측으로 연방준비위원회의 단기금리 인상 가능성이 보이는 것은 어떻게 생각하나?"

나는 계속해서 질문을 던졌다.

"하하하! 회장님은 많은 것을 알고 계시는군요. 그럴 가능성이 없지는 않습니다만 가능성은 크지 않습니다. 만약 금리가 인상된다면 금융자산이 많은 은행주들이 하락할 것입니다. 금리 인상에 대한 기대가 언제까지 지속될지 타이밍을 잡는 것이 중요합니다. 디플레이션의 상황을 전제로 유럽의 중앙은행들도……."

길버트는 세계 금융시장을 정확하게 꿰뚫어보고 있었다.

"저희는 시장의 흐름에 역행하는 플레이는 하지 않고 있습니다. 앞으로도 좋은 가격에 포지션을 구축해 시장의 변동성을 적극적으로 활용해 이익을 낼 것입니다."

"그럼 그 변동성을 줄일 수 있는 팁을 내가 주지."

"어떤 팁인지요?"

내 말에 길버트는 무척이나 궁금한 표정으로 날 바라보았다.

"올해 치러지는 미국 대통령 선거에 관한 일이지."

미국 대선이 올해 1996년 11월 6일에 치러진다.

미국의 대통령이 누가 되느냐에 따라서 미국의 금융정책 기조가 달라진다.

그건 세계 금융시장에도 큰 여파로 작용한다.

"혹시, 당선자를 아신다는 것입니까?"

"안다는 것보다는 당선 가능성이 큰 인물에 대해 말해주겠네. 그에 맞추어 대응하면 큰 이익을 낼 수 있을 거야."

"누가 대통령이 될 것 같습니까?"

"클린턴이 당선되네. 대통령 선거 이후에 미국 경제는 안정을 찾을 거고 시장 금리도 인하할 거야."

내 말에 길버트는 두 눈을 껌벅거렸다.

살아 있는 생물처럼 꿈틀대는 금융시장은 늘 변화했고 예측대로 움직이지 않았다.

하지만 지금 내 말은 세계 금융시장의 중요 흐름이 어떤 식으로 진행할지 정답을 알려주는 일이었다.

"하하! 이런 예측을 하는 사람은 회장님밖에는 없을 것입니다. 알겠습니다, 회장님의 말씀대로 움직이겠습니다."

길버트는 내 말을 무시하지 못했다.

영국의 파운드화 공략과 멕시코 페소화의 가치 하락, 그리고 일본 엔화 공략에서도 나의 말은 절대적으로 맞아떨어졌다.

더구나 일본의 고베 지진 발생은 나를 예언가로 만들어주기까지 했다.

변동성이 가득한 금융시장에서 정확한 예측과 그에 따른 대처 능력은 막대한 이익을 가져다주는 일이었지만 그 누구도 완벽하게 예측하지 못했다.

다음 날부터 나의 지시로 유럽과 모스크바, 그리고 미국의 금융센터는 미국의 단기금리 인상에 따른 선제 대응으로 금융주들을 시장에 팔았다.

한편으로 달러 강세 예측과 엔화 약세장을 예상한 것에 따라서 엔화를 팔고 달러화를 시장에서 대거 사들이기 시작했다.

미국과 일본 간의 경제성장 차가 커지면서 양국의 무역 불균형이 줄어들고 있어 달러화 강세와 엔화 약세가 지속될 것이다.

일본 경기가 살아날 기조가 보이지 않는 한, 달러화는 105~110엔 때까지 오르내릴 상황이었다.

작년 엔화 강세 때하고는 전혀 다른 모습이었다.

한국의 서울금융센터도 이에 따라 발 빠른 움직임을 보였다.

여의도에 있는 서울금융센터의 움직임은 국내 금융전문가들과는 다른 움직임이었다.

이는 달러화에 대한 원화 가치의 하락에 따른 선제 대응이었다.

원화의 가치가 절상될 것이라는 전망과 반대로 올해 들어서자마자 원화는 상당히 가파른 속도로 가치가 떨어지고 있었다.

작년 말 미국 달러화에 대한 원화 환율은 775원에 고시된 것에서, 올 초부터 1.6% 평가절하된 788원이 되었다.

원화 환율은 계속 오를 전망이었지만 국내 전문가들은 800원을 넘어서지 않을 것으로 예측했다.

하지만 이런 전망도 여지없이 깨어졌고, 90년 이후 상승폭이 최고치를 기록하며 연말에는 836원을 가뿐히 돌파했다.

원화절하 추세의 원인은 달러화의 공급 부족이었다.

수출 성장세 둔화와 외국 자본 유입도 줄어들고 있는 결과였다.

한편으로 달러 가치가 국제시장에서 계속 오름세를 보이자 달러 보유자들이 시장에 달러를 내놓지 않는 것도 원화 환율이 오르고 있는 또 다른 이유였다.

소빈뱅크가 외환시장에서 달러화를 사들이자 달러화 강세는 더욱 심화되고 있었다.

서서히 한국 경제에 먹구름이 다가오고 있었다.

*   *   *

영국에서의 모든 일정을 마치고 DR콩고로 향했다.

DR콩고에는 룩오일NY Inc와 닉스E&C, 닉스코어, 도시락마트, 닉스호텔이 진출해 있었다.

킨샤사공항에 나를 마중 나온 인물은 다름 아닌 미나쿠 대통령이었다.

"하하하! 이렇게 다시 뵈니 정말 반갑습니다. 콩고민주공화국에 다시 방문하신 것을 진심으로 환영합니다."

미나쿠 대통령은 환한 웃음을 머금은 채 나를 향해 두 팔을 벌렸다.

"하하하! 직접 공항까지 나와주셔서 정말 감사합니다."

난 미나쿠와 따뜻한 포옹을 하며 말했다.

"당연히 나와야지요. 미국과 러시아의 대통령이 방문하는 것보다 저는 강 회장님이 이 나라를 방문하는 것이 훨씬 더 좋습니다."

"하하하! 그분들이 들으면 섭섭하겠습니다."

"섭섭해도 할 수 없습니다. 강태수 회장님은 저와 형제와 같은 분이니까요."

미나쿠가 날 진심으로 환영해 주는 것은 어쩌면 당연한 일이었다.

그가 카로 지역의 추장에서 DR콩고의 대통령에 올라설 수 있었던 것도 모두 내 덕분이었다.

더구나 DR콩고의 내전 종식과 함께 앙골라의 침공을 막아낸 것도 나였다.

"하하하! 저도 DR콩고가 제2의 고향처럼 느껴집니다."

"감사합니다. 강 회장님은 DR콩고의 진정한 친구가 누구인지 모든 국민에게 알려주셨습니다. 자, 차에 오르십시오."

미나쿠 대통령의 차량은 룩오일NY에서 선물한 리무진 방탄 차량이었다.

나와 미나쿠 대통령이 탄 차량이 움직이자 경호 차량도 뒤를 따랐다.

대열을 맞춰 50대에 이르는 차량들이 달리는 모습은 장관이었다.

도로에는 보안군과 경찰들이 삼엄한 경계를 펼치고 있었다.

대통령궁에 도착한 후 곧바로 DR콩고의 최고 훈장인 국가 영웅훈장을 수여받았다.

국가 영웅훈장은 지금까지 살아 있는 사람이 받은 적이 없었다. 2번의 훈장 수여는 독립에 이바지한 인물들이 사후에 받았다.

훈장 수여와 함께 나에게 주어진 것은 DR콩고의 명예 시민권과 면책특권이었다.

반인륜적인 범죄를 저지르지 않는 한은 날 체포하거나 법정에 세우지 못한다.

"이러한 큰 훈장을 주시니 정말 감사드립니다."

"아닙니다. 이 훈장으로 부족합니다. 이 나라가 올바른 방향으로 나아갈 수 있게 만들어주시지 않았습니까. 지금 DR콩고는 전에 없는 희망과 활기에 차 있습니다."

미나쿠 대통령의 말처럼 DR콩고 전역에서 경제 재건 운동이 벌어지고 있었다.

내전 종식과 함께 주변국들과의 분쟁까지 해결되자 치안이 확보되었다.

치안의 안정은 사람들과 물자의 왕래를 가져왔다.

한편으로 마타디항구의 확장 공사가 성공적으로 이루어지자 해외로의 수출입 물자들도 이전보다 늘어났다.

거기에 룩오일NY와 닉스홀딩스 계열사들의 대규모 투자와 활발한 기업 활동이 DR콩고에 한층 더 활기를 불어넣고 있었다.

"앞으로 DR콩고는 아프리카에서 가장 부유한 국가 중 하나가 될 것입니다."

"하하하! 말씀만 들어도 배가 부릅니다. 말씀대로 콩고민주공화국은 이제 바뀌고 있습니다. 모부투와 카빌라의 잔재와 함께 부정부패를 척결하고 있습니다."

DR콩고는 미나쿠 대통령부터 솔선수범하고 있었다.

교육 투자를 늘리고 공무원들과 경찰들에 대한 처우를 대대적으로 개선했다.

적은 월급과 열악한 근무 환경 때문에 이루어지는 부정과 부패를 차단하기 위해서였다.

그와 반대로 공직자들에 대한 강력한 처벌 조항을 마련했다.

충분히 먹고 살아갈 길을 열어주고서 욕심과 부패를 저지른 관리는 용서하지 않겠다는 조치였다.

당근과 함께 채찍을 준비한 그의 행동은 나의 조언에 바탕을 둔 것이다.

"잘하고 계십니다. DR콩고의 적은 이제 가난과 부패입니다. 이 둘을 잡는다면 그 누구도 DR콩고를 무시할 수 없을 것입니다."

"예, 맞는 말씀입니다. 저도 항상 초심을 잃지 않으려고 노력하고 있습니다. 공정한 인사와 국민의 의견에 항상 귀를 열어놓고 있습니다."

독재정치와 부정부패의 온상이었던 모부투 전 대통령과 달리 미나쿠 대통령은 측근 정치와 나랏돈에 손을 대지 않았다.

대통령궁 유지에 들어가는 비용을 줄였고 자신이 받는 월급 중 일정 부분을 전쟁고아들에게 기부했다.

세 끼 식사도 카로에서 먹던 것처럼 일반 시민들이 먹는 음식들을 주로 먹었다.

그와 함께 자주 시민들을 찾아가 그들의 어려움을 경청했다. 이러한 모습에 DR콩고의 국민들 또한 그를 존경하고 지지했다.

미나쿠 대통령의 지지율은 93%에 달했다.

한편으로 능력 있는 인재들은 종족을 따지지 않고 임명했다.

능력 있고 청렴한 관리들이 하나둘 늘어가자 정치와 행

정 또한 안정되어 갔다.

"하하하! 미나쿠 대통령님을 맞이한 이 나라 국민은 큰 행운입니다. 정치과 안정되면 경제도 힘을 받습니다."

"이 모든 것은 강 회장님 덕분입니다. 앞으로도 DR콩고를 많이 도와주십시오."

미나쿠는 내 손을 잡으며 진심으로 말했다.

"물론입니다. 그 약속을 이행하기 위해서 카로와 킨샤사에 기술대학을 설립할 것입니다."

"정말이십니까?"

내 말에 미나쿠의 눈동자가 커졌다.

DR콩고는 많은 변화를 이끌고 있었지만, 그에 따른 재정이 아직은 뒷받침되지 못했다.

"하하하! 제가 말하지 않았습니까. DR콩고를 다시 찾을 때 선물을 가져올 것이라고요."

"하하하! 정말이지 강 회장님은 이 나라를 위해 신이 보내주신 분이십니다."

미나쿠는 진정으로 기뻐했다.

교육에 관심이 많은 미나쿠 대통령은 미래의 DR콩고를 위해서는 당장의 먹거리보다 교육이 필요하다는 것을 잘 알고 있었다.

DR콩고의 기술대학 설립은 이 나라에도 도움이 되지만

룩오일NY와 닉스홀딩스의 산하 기업들에 전문적인 기술을 가진 일꾼들을 공급하기 위해서였다.

각 지역에서 펼쳐지고 있는 도로와 철도 공사가 완공되는 대로 각종 공장들이 지어질 예정이다.

그 공장에서 움직일 수 있는 직원들이 필요했다.

DR콩고를 중심으로 중부아프리카의 생산 거점을 만들기 위해서도 전문대학과 종합대학은 필요했다.

Chapter 10

　콩고민주공화국의 방송 TV와 일간지에서는 영웅훈장을 받은 나의 모습이 실렸다.

　대다수 기사 내용은 나를 DR콩고의 은인으로 묘사하고 있었다.

　더불어서 카로에 설립된 간호대학과 종합병원을 통해서 수많은 DR콩고 주민들이 큰 혜택을 보고 있다는 기사도 소개되었다.

　사람들은 DR콩고에 진출했던 다른 외국계 기업과는 전혀 다른 모습과 행보를 보여주는 룩오일NY와 닉스홀딩스 산하 기업들이야말로 진정하게 콩고민주공화국과 미래를 함께할 수 있는 기업으로 받아들였다.

실제로 해당 기업에 고용된 직원들은 다른 곳에서 받을 수 없는 급여와 복지 혜택을 받고 있었다.

DR콩고에서는 룩오일NY와 닉스홀딩스 계열사에 취업하는 것이 성공이라는 인식이 심어지고 있었다.

"하하하! 흙먼지를 휘날리며 달리던 곳이 이렇게 달라졌네요."

킨샤사에서 카로로 향하는 도로는 깔끔하게 아스팔트가 깔렸다. 도로를 평탄하게 정비하는 것을 보고서 DR콩고를 떠났었다.

헬리콥터 아래에서 내려다본 6차선 도로에는 물건을 실은 수많은 트럭들이 킨샤사와 카로를 오가고 있었다.

"도로가 완공되자 카로가 물자 공급의 중심지가 되었습니다. 남부와 동부의 농수산물이 카로로 집결해 다시 북부와 서부로 공급되고 있습니다."

닉스코어 현지 지사장인 이상범의 말이었다.

수도인 킨샤사와 함께 카로는 하루가 다르게 달라지고 있었다. 카로에는 북부와 서부에서 들려온 공산품들이 농산물이 공급되는 남부와 동부로 향했다.

도로와 철도 개설로 인한 물류의 이동이 활발해지자 DR콩고의 경제는 빠르게 성장하고 있었다.

"달라진 카로가 궁금해지는데요."

"이제는 거주 인구가 75만 명을 넘어섰습니다. 올해가 가기 전에 1백 명이 넘어설 것입니다."

"하하하! 고작 1만 명을 넘을까 말까 했는데 70만 명이 넘어서다니 정말 놀라운 일입니다."

"DR콩고 전역에서 상인들이 모여들고 있습니다. 잠비아와 앙골라, 그리고 탄자니아에서도 사람들이 찾아오고 있습니다."

"물자와 사람의 이동이 경제를 더욱 살아 숨 쉬게 합니다. 철도 공사는 어떻게 진행되고 있습니까?"

"65% 공정이 진행되었습니다. 내년 5월이면 탄자니아의 다르에스살람 항구를 통해서 구리와 코발트, 아연을 중국을 비롯한 동아시아에 공급할 것입니다."

탄자니아의 다르에스살람 항구를 이용하면 지금보다 아시아로의 광물 수송 시간이 40% 경감된다.

현재는 마타디 항구에서 출발한 배가 남아프리카공화국의 희망봉을 돌아 수송하는 루트를 이용 중이다.

"내년이면 카로의 구리제련소와 발전소도 완공되지 않습니까?"

공사를 담당하고 있는 닉스E&C의 조건우 이사에게 물었다.

"예, 9월과 10월에 모두 완공될 예정입니다. 현재 진행 중인 다른 지역들도 내년 말부터 다음 해까지는 완공될 것입니다."

DR콩고는 내전과 모부투의 부정부패로 인해서 전기를 이용하는 국민이 10%에 불과할 정도로 전력난이 심각하다.

전력난으로 개인 가사는 물론이고 경제활동과 학교, 병원 등 공공서비스의 운영이 어려웠다.

닉스E&C는 DR콩고 정부와 함께 인프라 재건 사업으로 발전소 설립에 집중하고 있었다.

각 지역에 대규모 댐 발전소 건설보다는 하천과 계곡의 유역 변경 방식 등을 이용한 소수력발전을 선택했다.

소수력발전은 환경 파괴를 최소로 하는 발전이다.

"좋습니다. 전기 공급을 지금보다 최소한 20% 이상은 끌어올려야 합니다."

광산 개발에서도 꼭 필요한 것은 전기와 수도 공급이었다.

"내후년까지는 목표를 이룰 수 있을 것입니다."

현재 닉스코어가 주도적으로 수많은 공사와 광산 개발을 진행하고 있었다.

DR콩고의 경제 재건과 인프라 구축 사업은 단시간 내에는 이룰 수 없었다.

10년에 걸친 장기 프로젝트가 진행 중이었다.

향후 DR콩고에서 생산되는 구리, 코발트, 리튬, 니켈 등은 전기 자동차가 생산되는 시기에 확보 전쟁이 일어나는 광물들이다.

전기 자동차로 유명하게 될 테슬라의 모델S 차량 한 대에는 리튬이 7.7㎏, 니켈은 53.5㎏, 코발트는 10㎏, 구리는 26.6㎏이 들어간다.

그리고 현재 제작되고 있는 핸드폰 배터리와 반도체에도 꼭 필요한 광물이다.

"한 걸음씩 나아가야겠지만 그 걸음은 빨라야 합니다. 자원만 확보하고 활용을 할 수 없으면 아무런 소용이 없으니까요."

DR콩고의 주요 자원들과 광산들을 손에 넣었지만, 그만큼의 투자가 필요했다.

DR콩고의 인프라가 러시아보다 못했기 때문이다.

카로는 천지개벽이라는 말처럼 달라져 있었다.

중심지 주변으로는 15층짜리 건물 서너 개가 들어섰다. 한 곳은 호텔이었고 나머지는 업무용 빌딩이었다.

중심지 주변의 도로도 아스팔트로 잘 정비되어 있었다.

두 곳의 도매시장에는 전국에서 모여든 농수산물이 집결

했다.

아프리카에서 가장 많은 농지를 가지고 있는 DR콩고였기 때문에 다양한 농산물이 모였다.

길고 긴 내전의 종식이 완벽하게 끝나자 놀고 있던 농지에도 곡식들이 재배되었다.

한편으로는 무분별하게 개발되는 것을 막기 위해 국립공원 감시원들을 대거 늘렸다.

내전에 동원되었던 젊은 청년들에게 일자리를 제공하는 방법이기도 했다.

카로에는 직업훈련센터 두 곳이 운영 중이었다.

닉스와 룩오일의 이름을 가진 이곳에서 8백여 명에 달하는 학생들이 교육을 받고 있었다.

직업훈련센터에서는 용접, 자동차 정비, 배관 기술, 의류 재단, 석공, 목공 기술, 기계 정비, 미용, 중장비 운전 등을 가르쳤고, 센터 졸업 후 대다수가 광산과 제련 공장에서 일자리를 얻었다.

또한 각종 건설 사업이 진행되는 현장에 투입될 사람들도 훈련시켰다.

카로에는 금광, 은광, 구리 광산, 그리고 코발트 광산이 새롭게 발견되고 있었다.

카로를 중심으로 대규모 공사들이 진행 중이라 일자리가

넘쳐났다.

"주택 공사들도 함께 진행 중입니다. 올 초에 상하수도 공사가 완공되어 기초적인 인프라는 구축된 상황입니다."

카로에 새롭게 들어선 시청에서 현지 책임자로 임명된 이승규 국장의 말이었다.

카로는 신의주 특별행정구처럼 DR콩고에서 특별지구로 지정된 상태였다.

카로 지역 개발과 운영 권한은 닉스홀딩스에 100년간 주어졌다.

신의주 특별행정구보다 30배나 넓은 카로 특별 구역은 DR콩고에서 가장 성장 속도가 빠른 지역이었다.

카로의 놀라운 성장세는 DR콩고에 지속적인 활기를 불어넣었다.

"이런 속도라면 공급이 부족하겠습니다."

"예, 몰려드는 사람들도 예상을 넘어서고 있습니다. 계획한 대로 거주 구역이 완성되고는 있지만 이런 상황에서는 상당수 부족한 부분이 있습니다."

새롭게 지어지고 있는 주택은 카로에 처음부터 적을 둔 사람들을 우선순위로 공급되고 있었다.

"음, 내전이 종식되었다고는 하지만 아직 DR콩고가 걸어 갈 길이 멀었습니다. 음, 먹고살기 위해서 오는 사람들을 통제할 수도 없는 노릇이고. 농장 개발은 어떻게 진행되고 있습니까?"

광산 개발과 함께 농산물과 가축을 기르는 농장을 추진하고 있었다.

사실 DR콩고는 농업 국가다.

카로는 충분한 물 공급과 강수량으로 농사를 짓기에도 좋았다.

농장 설립은 안정적인 식량 공급과 무분별하게 벌어지는 자연 훼손을 막기 위해서였다.

당장 먹고살기 위해서 아프리카 전역에서는 불법적인 밀렵과 살림 훼손이 흔하게 일어났다.

"백만 평의 땅에 밀과 옥수수, 커피를 심고 있습니다. 25만 평에는 소. 돼지, 닭을 들여와 기를 예정입니다. 이미 5백 마리의 소를 들여왔습니다."

"이익을 내기 위해서 농장을 운영하는 것이 아님을 인지하고 운영해야 합니다. 다른 지역에서도 농산물 시장을 개설해 시장 상인들이 위생적으로 농산물을 관리하고 판매하게 하십시오. 다른 지역이 활성화되어야 카로로 몰리는 사람들을 분산할 수 있습니다."

오랜 내전의 후유증은 농산물 생산의 저하와 함께 농산물 거래 시장의 심각한 파괴를 야기했다.

DR콩고에는 농산물을 생산해도 팔 수 있는 시장이 부족했다.

"예, 말씀대로 마사시와 카보아에 시장을 개설했습니다. 2주 후에는 왈레카레시에도 시장이 개설될 것입니다."

지금까지는 카로 지역이 관리가 되고 있지만, 더 많은 사람들이 난민처럼 몰려들면 통제를 벗어나게 된다.

다른 곳에도 시장이 활성화되면 카로의 부담이 줄어든다.

현재 카로에는 잘 훈련된 경찰과 현지 보안군이 철저하게 불법적인 일들을 감시하고 있었다.

한편으로 현지에서 범죄를 저지르면 절대 카로에서 취업을 할 수 없었다.

감옥에서 나오더라도 카로에서 추방되기 때문에 범죄율이 급격하게 줄어들었다.

"좋습니다. 기술전문대학 부지 정리는 끝났습니까?"

올해 초 기술대학 설립에 대한 계획이 세워졌고 곧장 카로에 부지 확보를 지시했다.

"예, 이번 달이면 정리가 모두 끝이 납니다. 설계도가 완성되는 다음 달부터 본격적인 공사가 들어갈 것입니다."

5백 명 규모의 전문기술대학이었다.

3년간의 교육 과정을 통해 현재 직업훈련센터에서 교육

되는 것보다 깊이 있는 기술과 학문을 배우게 된다.

카로의 놀라운 변화는 모든 아프리카 국가들이 지켜보고 있었다.

카로의 발전과 성공이 앞으로 아프리카 국가들의 본보기가 될 것이다.

"진행되는 공사들이 많지만 부실 공사가 일어나지 않게 철저하게 관리하십시오. 국립공원 내 동물 보호와 관광객 유치는 어떻게 진행되고 있습니까?"

"두 곳의 국립공원에는……."

현재 진행되고 있는 일들과 새롭게 추가된 일들로 인해 회의는 계속되었다.

카로 지역에서 발생하는 이익 중 25%는 카로에 재투자되고 있었다.

카로의 광산에서 채굴되는 광물들은 닉스코어에 의해서 유럽과 중국을 비롯한 동아시아로 대부분 수출되었다.

이전과 달리 제값을 받고 수출되는 DR콩고 광물들의 수출은 닉스코어와 룩오일 NY Inc에서 모두 관리되었다.

DR콩고와 중부아프리카 국가, 호주, 중국, 칠레, 북한, 러시아의 자원들을 대거 확보하자 자원 개발 카르텔이 자연스럽게 형성되었고, 소빈뱅크를 통해서 국제 광물 가격을 인위적으로 통제하기 시작했다.

소빈뱅크 국제금융센터에서 거래되는 광물자원들의 종류는 시간이 갈수록 늘어나고 있었다.

인위적인 공급량 조절과 함께 가격을 통제하여, 소빈뱅크의 국제 광물 가격 조절 능력이 절대적으로 커졌다.

광물 가격 통제는 소빈뱅크의 영향력을 더욱 확대하는 일이었다.

한편으로 광물자원 판매와 함께 이루어지는 소빈뱅크의 거래 수수료 또한 무시하지 못할 정도로 커졌다.

카로에 세워진 닉스호텔에 여장을 푼 나는 야밤에도 환하게 밝혀진 카로의 밤거리를 바라보았다.

카로는 저녁만 되면 어둠이 지배하는 곳이었다.

발전기를 돌리는 곳에서만 불빛을 볼 수 있었다.

하지만 이젠 건물마다 불빛이 새어 나오고 있었다.

"신의주시의 변화보다 이곳의 변화가 더 놀랍기만 합니다."

"하하! 저도 정말 깜짝 놀랐습니다. 카로의 주민들과 총을 들고 싸운 것이 엊그제 같은데 이렇게 달라질 수 있는지 신기하기까지 합니다."

김만철의 말처럼 카로의 변화는 놀라웠다.

닉스코어와 룩오일NY Inc의 투자도 있었지만 DR콩고

정부도 온 힘을 다해 카로의 변화를 이끈 결과였다.

"미나쿠 대통령에서부터 모든 정부 관리들이 한곳을 보고 달리고 있으니까요. 여기에 곶감 빼먹듯이 자신들의 이익만을 추구하던 서방 기업들이 사라진 것도 DR콩고에 큰 도움이 되었습니다."

미나쿠가 대통령으로 취임하면서 한 일은 모부투 전 대통령과 그 측근들이 저지른 부정부패를 척결하는 것이었다.

부패 척결이 이루어지면서 그와 연관된 서방 기업들이 된서리를 맞았다.

DR콩고의 지하자원을 헐값에 가져가던 기업들이 퇴출당하자 그 자리는 고스란히 닉스코어와 룩오일NY Inc가 차지했다.

"어디를 가나 나쁜 놈들은 있기 마련이죠. 어둠뿐이었던 카로에서 이런 환한 불빛을 볼 줄은 꿈에도 생각 못 한 일입니다."

"카로는 시작에 불과합니다. DR콩고 전역에 제2, 제3의 카로를 만들어야 하니까요."

DR콩고의 성공을 보여주는 카로의 발전은 중부아프리카의 희망으로 떠올랐다.

적대적이었던 앙골라에서조차 닉스홀딩스와 룩오일NY의

진출을 원하고 있었다.

＊　　　＊　　　＊

DR콩고와 카로에 투자된 자금은 모부투 전 대통령이 빼돌렸던 자금이었다.

그가 사망하기 전 소빈뱅크에 37억 달러를 맡겼었다.

37억 달러는 국제금융센터에서 이루어진 몇 번의 투자를 거쳐 2배로 늘어난 상황이었다.

난 미나쿠 대통령에게 3억 달러를 통치 자금으로 건네주었다.

군이 소빈뱅크에서 보관 중인 돈을 DR콩고에 드러낼 필요는 없었다.

모부투가 맡긴 37억 달러는 모두 DR콩고에 투자할 계획이었다.

모부투가 해외로 빼돌린 돈은 50억 달러가 넘었고 그중 7억 달러만이 DR콩고로 돌아왔다.

"이곳은 다친 동물들과 어린 새끼들을 보호하고 치료를 담당하고 있습니다. 주로 치타와 사자, 코뿔소, 코끼리를……."

카로에서 얼마 떨어지지 않는 곳에 있는 동물보호센터를

방문했다.

미국 동물학자인 존슨 박사가 운영 중인 곳을 닉스코어가 천만 달러를 투자해 더욱 확대했다.

내전 중에 발생한 불법적인 밀렵으로 인해 개체 수가 줄어든 동물들을 적극적으로 보호하고 치료하기 위해서였다.

"이 지역의 동물들의 상태는 어떻습니까?"

"작년 초까지만 해도 국제보호동물의 개체 수가 위험수위에 도달했었습니다. 저희의 힘으로는 동물 보호를 할 수 없었으니까요. 회장님의 도움으로 인해서 올해는 밀렵으로 죽은 동물들이 아직까지 발견되지 않았습니다."

나에게 치료센터를 안내하고 설명하는 존슨 박사의 얼굴은 무척이나 밝았다.

존슨 박사의 말처럼 이 지역의 동물 중 코뿔소와 코끼리가 밀렵의 주 대상이 되었었다.

코뿔소의 뿔과 코끼리 상아가 암시장에서 고가에 거래되고 있었기 때문이다.

내전으로 인해 국립공원이나 동물보호지구의 감시 요원이 부족했고 급여가 나오지 않자 활동도 미비했다.

하지만 작년부터 대폭 늘어난 감시 요원과 경찰들의 활약으로 밀렵꾼들이 대거 검거되었다.

그 때문에 부쉬마이 일대의 밀렵 조직이 거의 소탕되었다.

"하하! 다행스러운 일입니다. 부쉬마이 지역도 국립공원으로 포함될 수 있지 않습니까?"

"물론입니다. 이 지역 동물들의 분포는 다른 지역과 비교해도 전혀 손색이 없을 정도로……."

부쉬마이 지역은 흰 코뿔소, 코끼리, 기린, 버팔로, 하마, 치타, 오가피 등 수많은 동식물이 분포하고 있었다.

카로에서 얼마 떨어지지 않은 두 곳이 국립공원으로 지정되어 있었다.

닉스호텔이 주축이 되어 관광 지구 개발을 한창 진행 중이었다. 이미 카로의 닉스호텔과 새롭게 들어선 카로호텔에는 관광객들이 상당수 투숙하고 있었다.

"카로에 공항이 완공되면 더 많은 관광객이 이 지역을 찾을 것입니다. 관광객들을 통해서 수익이 발생할 수 있는 여건을 마련하면 동물 보호에 더 많은 자금을 투입할 수 있을 것입니다."

카로공항 건설은 수많은 공사 중의 하나였다.

"저도 큰 기대를 하고 있습니다. 관광객들이 이곳을 많이 방문하면 동물 보호의 필요성을 더욱 알게 될 것입니다."

"동물과 사람이 공존하는 곳이라 어느 한쪽이든 균형이 망가지면 둘 다 위험합니다. 사람들에게는 일거리와 식량을 주고 동물에게는 살아갈 보금자리를 주어야 합니다."

무작정 동물 보호만을 외치면서 사람들이 살아갈 터전을 나 몰라라 할 수도 없었다.

"맞는 말씀입니다. 아름다운 공존을 이루어야만 동물들도 보호할 수 있습니다. DR콩고를 위해서 많은 일을 해주시니 진심으로 감사드립니다."

존슨 박사는 DR콩고를 사랑했고 그 속에 살아가는 사람들과 동물들도 진심으로 아꼈다.

DR콩고의 변화가 나의 등장으로 이루어지고 있다는 것을 이 땅에 거주하는 외국인들과 지식층은 잘 알고 있었다. 그리고 내가 미나쿠 대통령에게 막대한 영향력을 끼치고 있다는 사실도 말이다.

다음 날 카로 지역을 비롯해 각 지역에 흩어져 있는 광산들을 둘러보았다.

DR콩고에 있는 핵심 광산들 대부분이 닉스코어와 룩오일NY Inc로 넘어왔다.

이미 개발이 진행되어 생산이 이루어지고 있는 광산들에서 광물을 공급받던 거래처들은 모두 계약이 다시 이루어졌다.

새로운 계약은 기존보다 15~45%까지 인상된 공급가격이었다.

모부투 대통령 시절에는 국제 시세보다 한참 못 미치는 가격으로 공급이 이루어졌고, 그 이면에는 정부 관리의 비리와 뇌물이 존재했다.

"무미광산에서 일하는 직원들의 임금을 12% 인상했습니다. 광산 마을 내 병원이 증설되고 중학교가 이번 달 내로 개교할 예정입니다."

무미광산에서 생산되는 것은 구리와 수산화물 형태의 코발트였다.

이곳에서 구리는 연간 6만 5천 톤이, 코발트는 7천 톤이 생산되고 있다.

이 외에도 세계 최대 코발트 광산인 텐케광산이 닉스코어 소유가 되었다. 텐케광산은 세계 코발트 생산량의 13.1%를 생산한 곳이다.

코발트는 전 세계 총매장량의 약 90%가 콩고민주공화국에 묻혀 있다.

"직원들이 요구하기 전에 닉스코어가 먼저 움직여야 합니다. 그래야 직원들이 감동을 받고 회사의 말을 더욱 믿고 따를 수 있습니다."

"예, 무슨 말씀인지 알겠습니다."

서부 지역 광산 책임자인 장동엽 이사의 말이었다.

현재 닉스코어는 DR콩고의 서북부와 남부 지역을, 룩오일 NY Inc가 동부 지역과 석유 사업을 담당했다.

두 회사가 소유하게 된 120여 개의 광산들에서는 주석, 텅스텐, 탄탈륨(콜탄), 금, 구리, 코발트, 은을 생산하고 있었다.

한편으로 남한 크기의 광산 개발 예정지를 확보했다.

"DR콩고 내 닉스코어의 이익은 어느 정도입니까?"

"작년은 6억 3천만 달러에 달하는 이익을 발생시켰습니다. 이익금 중 4억 달러는 광산 개발과 시설 투자에 재투자되었습니다. 1억 1천만 달러는 임금 인상과 주민 편의 시설에… 나머지는 예비비로 확보하고 있습니다. 올 상반기는 작년보다 37% 늘어난 5억 달러를 돌파했습니다. 이대로의 추이라면 올해는 12억 달러를 가뿐히 넘어설 것입니다."

올해 닉스코어의 대표로 임명된 유태민의 말이었다.

"음, 이익금을 좀 더 늘려야겠습니다. 소빈뱅크에 연락을 취해 광물 가격을 협의하십시오."

새로운 공급 계약 체결로 이익금이 대폭 늘어난 결과였다. 하지만 난 12억 달러의 이익에 만족할 수 없었다.

앞으로 발생되는 이익금의 절반은 5~6년 동안 지속해서 DR콩고에 재투자해야만 했다.

더구나 내년부터는 소빈뱅크의 도움을 받지 않고 닉스코어가 독자적으로 DR콩고에 투자를 해야만 한다.

현재 소빈뱅크를 통해서 10억 달러 이상이 DR콩고 내 사회간접사업에 투자되고 있었다.

소빈뱅크는 이제 내년에 닥칠 한국을 비롯한 동아시아와 러시아의 외환 위기를 대비해야만 했다.

"예, 말씀대로 진행하겠습니다."

"앙골라와 우간다와의 협상 진행은 어떻게 되어가고 있습니까?"

앙골라와 우간다는 반군 지도자였던 로랑 카빌라를 지원했고, DR콩고의 국경을 넘어 공격을 가해왔던 나라였다.

DR콩고 내전을 빌미로 DR콩고 내의 풍부한 지하자원을 노렸던 두 나라 중 앙골라는 코사크의 역공작에 걸려 자국 내 내전이 격화되었다.

올해 들어 정부군이 승리한 두 나라는 빠르게 안정되었다.

그들은 내부가 안정되자 외부로 눈을 돌렸고, 두 나라의 눈에 비친 DR콩고의 변화와 카로의 놀라운 발전에 충격을 받았다.

내가 이야기했던 중부아프리카 국가들의 발전 계획이 헛말이 아니라는 것을 알게 된 것이다.

"먼저 우간다는 자국 내 광산 산업과 커피 산업에 대한 협조를 요청해 왔습니다. 우간다의 광산업은……."

우간다는 농업에 종사하는 인구가 80%에 달하며 커피, 면화, 차, 담배를 재배한다.

GDP의 40%와 수출품의 60% 이상이 농수산물이며, 우간다는 서비스 산업이 차지하는 비중이 45% 이상인 나라다.

DR콩고와 르완다, 그리고 부룬디 세 나라가 협력하여 탄생한 커피 동맹에 우간다도 참여하길 원했다.

국경 도시 코마에 설립된 닉스 커피 거래소를 통해서 판매되는 세 나라의 커피는 합리적인 가격으로 미국과 유럽, 아시아로 수출되고 있었다.

닉스커피는 미국 내 매장을 통해서 코마의 커피 거래소에서 사들인 커피를 50% 이상 소비하고 있었다.

"우간다는 석회석과 구리, 코발트, 금이 풍부하며 80억 배럴 정도의 원유가 매장되어 있을 것으로 예측되고 있습니다."

"음, 석회석이 풍부하면 우간다에 시멘트 공장을 세우는 것도 나쁘지 않겠네요. 앞으로 DR콩코, 르완다, 부룬디에 세워질 건물들이 한두 개가 아닐 테니까요."

"예, 그렇지 않아도 시멘트 공장의 필요성을 느끼고 있었습니다. 현재 건설자재들을 한국과 남아프리카공화국에서 공급받고 있는데 시간과 가격 측면에서 현지 생산이 현실적인 것 같습니다."

석회석은 주로 시멘트, 건축용 자재, 비료, 유리, 제철 등에 사용된다.

"좋습니다, 우간다에 시멘트 공장을 설립하는 방안을 논의하십시오. 우간다는 다른 나라와 달리 내전이 일어나지 않아서 그나마 교통 인프라가 잘 갖추어진 곳입니다. 코마와 연계한 간선철도 개설도 검토하십시오."

간선철도는 철도 네트워크에서 기반이 되는 노선을 뜻한다.

"그리고 앙골라는 룩오일NY Inc에서 담당하는 거로 하겠습니다."

앙골라는 아직 내전이 완전히 끝나지 않아 불씨가 남아 있었다.

정부군이 반군 조직인 UNITA의 주요 거점을 점령했지만 소소한 전투가 계속 벌어지고 있었다.

DR콩고를 침공했던 앙골라 정부군과 UNITA을 분열시킨 것이 코사크였다.

앙골라는 1990년대 후반 들어 시장경제 원칙에 따른 사기업 활동을 허가하고 외자도입을 적극적으로 추진했다.

수입원인 원유의 국제가격 인상 등에 따라 아프리카의 구매력 있는 시장으로 주목받게 되었으나, 지금까지 시행된 경제재건계획은 대부분 실패하였다.

앙골라는 현재 석유가 국내총생산에서 차지하는 비중이 48%에 달하고, 수출의 90%에 육박한다.

철광석과 다이아몬드, 그리고 원유 매장량이 풍부했지만, 그에 따른 제반 시설과 인프라가 부족했다.

현재 닉스코어는 광물을, 룩오일NY Inc는 원유와 천연가스를 담당하고 있었다.

앙골라의 주요 수출품은 원유, 다이아몬드, 천연가스, 커피, 사이잘마(인피 섬유), 수산물, 목재, 면화 등이다.

회의를 마치고 카로공항의 건설 현장을 둘러보았다.

카로공항은 국제공항에 걸맞은 시설과 활주로를 갖출 예정이다.

룩오일NY는 작년 말 스카이 항공을 인수하여 운영 중이었다.

스카이 항공은 일류신 Il−96M 4대와 러시아 항공사, 최초로 747−400 2대와 737−800 모델 7대, 그리고 737−900 4대를 들여왔다.

스카이 항공은 모스크바 도모데도보 국제공항을 허브 공항으로 사용하고 있으며 단숨에 러시아 제일의 항공사로 떠올랐다.

동북아시아, 유럽, 아프리카에 여객 수송 및 항공 화물 운송 서비스를 제공하며, 특히나 부란과 연계하여 러시아에서 최초로 도어 투 도어(door—to—door) 시스템에 의한 화물 배달 서비스 시스템 구축을 완료했다.

도어 투 도어 시스템은 물건이 있는 출하지나 창고에서 최종 목적지 수하인의 문 앞까지 서비스하는 것을 뜻한다.

카로공항이 완공되면 DR콩고의 킨샤사국제공항을 연계한 카로항공사를 설립할 예정이다.

카로항공사는 봄바디어 Q400과 737—800 모델을 바탕으로 설립될 항공사다.

카로항공사를 중부아프리카의 핵심 항공사로 키울 예정이다. 카로항공사 또한 부란과 연계한 화물 배달 서비스를 집중적으로 육성할 계획이다.

아프리카에서 제대로 된 물류 배송과 화물 배달 서비스를 갖춘 곳은 남아프리카공화국에 국한되었다.

"공항까지 완공되면 카로는 국제적인 도시로 발돋움할 것입니다. 현재 도로와 철도가 카로를 중심으로 해서 펼쳐지고 있습니다. 여기에 공항이 접목되면 주변 국가들의 인적 · 물적 자원들이 더욱 몰려들 것입니다."

"카로의 발전과 경제성장이 중부아프리카연합을 더욱 공고히 할 수 있습니다. 그래야만 우리는 그들의 풍부한 자원을 이용할 수가 있는 것입니다."

공항이 완공되면 관광자원을 더욱더 활성화시킬 수 있었다. 한편으로 사람이 몰리면 투자가 발생하고 소비가 활성화된다.

카로 주변의 비옥한 토지를 바탕으로 한 농업 산업과 광물 산업은 카로를 더욱 살찌우게 할 것이다.

카로의 발전된 모습을 바탕으로 DR콩고와 국경을 접하고 있는 아홉 개의 국가가 연합하고 협력하는 중부아프리카연합을 완성할 수 있었다.

이들 열 개 나라의 지하자원과 인적자원을 바탕으로 미래에는 거대한 소비 시장도 형성해야만 했다.

그래야만 닉스홀딩스와 룩오일NY가 서유럽과 북미의 경제권을 지배하는 세력들과 싸울 수 있었다.

Chapter 11

카로를 떠나 코마를 거쳐 르완다로 들어갔다.

코마는 카로에 못지않은 활기가 넘쳐났다.

코마에서는 르완다와 부룬디로 연결되는 도로를 정비하고 확장했다.

도로가 정비되고 치안이 확립되자 DR콩고와 르완다, 그리고 부룬디 세 나라에 농장에서 재배하는 커피와 차들이 코마로 몰려들었다.

코마에 설치된 닉스커피 거래소에서는 커피뿐만 아니라 차도 대량으로 거래되었다.

치안을 불안하게 했던 르완다의 난민 문제와 DR콩고 내전의 종식은 국경 지대에 활력과 투자를 불러들였다.

닉스커피는 세 나라의 차와 커피 농장에 전문 인력을 파견해 재배 기술과 교육을 담당했다.

닉스커피의 등장으로 대규모 판매망이 구축되자 국제 시세보다 값싸게 팔려 나갔던 세 나라의 커피와 차의 가격이 정상을 되찾고 있었다.

"하하하! 다시 뵙게 되어 반갑습니다. 르완다 방문을 환영합니다."

천 개의 언덕을 가진 르완다의 수도 키갈리에 도착하자 과도정부의 핵심 권력을 장악한 카가메 부통령 겸 국방부 장관이 나를 맞이했다.

르완다에서는 1994년 제노사이드(Genocide: 대량 학살)가 일어났다.

소수족 투치족과 다수족 후투족 간 종족 분쟁의 결과였다.

이 나라를 식민 통치하던 벨기에는 소수 민족에게 특권을 줘 다수족을 억압하게 했고, 1962년 독립이 되자 이에 따른 뇌관이 터지기 시작했다.

후투족 출신의 하브자리마나 대통령이 살해되면서 분쟁은 더욱 격화돼 엄청난 인명 피해를 냈다.

그러나 우간다 난민 출신으로 제노사이드를 종식한 폴 카가메는 나의 도움으로 내전의 상처로 생긴 난민 문제와 DR콩고와의 분쟁을 빠르게 해결했다.

이것이 카가메 부통령이 나를 신뢰하고 전적으로 협조하는 밑바탕이 되었다.

"이리 나와주시니 감사합니다. 얼굴이 이전보다 좋아지신 것 같습니다."

"하하하! 강 회장님께서 르완다의 골칫거리들을 상당수 해결해 주셔서 그렇습니다. 미나쿠 대통령의 말처럼 중부 아프리카에 희망을 심어주셨습니다. 강 회장님이야말로 진정한 아프리카인의 친구이자 은인입니다."

카가메는 흰 이를 드러내며 크게 웃었다.

내전의 후유증으로 수백만 명의 난민을 발생시켰던 르완다는 주변국들에도 심각한 문제를 일으켰었다.

난민들이 국경 지대와 주변국을 떠돌자 치안 문제와 함께 종족 간의 분쟁이 촉발되어 엄청난 사상자가 발생했다.

"하하하! 너무 과찬이십니다. 저도 사업을 위해서 한 일입니다."

"겸손해하시지 않으셔도 됩니다. 저도 총을 들고 싸워 내전을 종식했지만, 회장님 또한 앞장서서 싸우지 않았습니까. 행동이 아닌 말로만 하는 서방 기업들의 오너들과는 차원이 다른 모습입니다."

카가메는 내가 총을 들고 직접 DR콩고 분쟁에 뛰어들어 문제를 해결했다는 것을 알고 있었다.

돈을 위해서라면 목숨을 잃을 수도 있는 일에 직접 나서지 않는다. 더구나 이미 헤아릴 수 없는 돈을 가진 사람이라면 더욱 말이다.

내가 벌인 일은 돈을 떠나서 아프리카에 대한 애정과 신념이 없었다면 가능했던 일이 아니었다.

그러한 모습과 행동이 카가메를 비롯한 중부아프리카 지도자들이 나를 더욱 높게 평가하는 이유였다.

"하하하! 그분들은 저처럼 젊지 않아서 그럴 것입니다."

"젊어도 마찬가지입니다. 다들 아프리카의 부를 가져가려는 데만 혈안이 될 뿐입니다. 안타까운 것은 이 땅을 변화시킬 자본을 우리는 가지지 않았다는 것이지요."

카가메는 르완다를 지배했던 벨기에가 저지른 만행과 분열 공작이 지금까지 서방 기업들을 통해서 이어진다고 보고 있었다.

그의 말이 틀리지 않은 것이, 현재 아프리카 나라들의 부는 대부분 서방 기업들과 서양인이 가지고 있었다.

서방의 원조가 아니면 한 해 예산도 제대로 집행할 수 없는 것이 아프리카의 현실이었다.

"르완다를 비롯한 중부아프리카가 그 변혁의 시발점이 되어야만 합니다. 지금이 아니라면 앞으로는 이러한 기회와 변화를 가지지 못할지도 모릅니다."

"맞는 말씀입니다. 우리의 분열을 통해서 이익을 보는 곳은 정해져 있으니까요."

르완다를 비롯해 부룬디와 DR콩고에서 분열과 내전이 일어나자 상당한 자원들이 제값을 받지 못하고 헐값에 팔려 나갔다.

"앞으로는 달라질 것입니다. 부대통령님의 단호한 의지와 개혁 정책이 변하지 않는다면요."

나의 말은 의미심장했다. 대부분의 아프리카 독재자들은 사실 독립 영웅들이었다.

"하하하! 저를 꼼짝하지 못하게 하시네요. 당연히 변하지 않을 것입니다. 밀림 속에서 굶주림에 지쳐 싸울 때도 저는 제 신념을 식량 삼아 배고픔을 잊었습니다. 끊임없이 반복되는 아프리카 국가들의 가난과 질병, 그리고 분열을 통한 내전이 정말 지긋지긋했으니까요."

카가메는 나의 말에 발끈하지 않고 호탕한 웃음으로 답했다.

그가 지금의 마음이 변함없다면 르완다의 미래는 역사와 다르게 변할 것이다. 아니, 이미 나로 인해 중부아프리카의 국가들이 변화하고 있었다.

카가메와 함께 닉스커피가 투자한 커피 농장을 방문했다.

닉스커피는 2천4백만 달러를 투자해 대규모의 커피 농장의 지분을 확보했고 현대화된 시설을 갖추었다.

이와 함께 남미의 콜롬비아와 과테말라처럼 병원과 학교를 세웠다.

농장에서 일하는 직원들과 그 자녀들을 위한 정책이었다.

커피 농장에서 일하는 직원들의 표정들에는 기쁨과 희망이 엿보였다. 기존 농장보다 20% 이상 임금이 올라갔고, 주거지에 대한 개선 공사도 벌어지고 있었다.

르완다 커피 재배의 시작은 벨기에 식민지 시절 외화 획득 정책으로서 각 농가에 의무적으로 70개 커피나무를 재배하게 한 것이었다.

늘 봄과 같은 날씨가 이어지는 열대고산기후와 적당한 강수량, 무기질이 풍부한 화산재로 이루어진 비옥한 토양과 같은 르완다의 자연 조건은 커피 재배에 매우 적절했다.

밸런스가 잘 잡힌 감귤계의 산미와 달콤한 캐러멜 향과 함께 화사한 꽃 향을 풍기는 깊은 맛이 르완다 커피의 특징이다.

카가메와 내가 현장에 도착하자 직원들과 주민들은 열렬히 춤을 추며 환영했다.

내전의 상처가 아직은 아물지 않은 르완다에 닉스커피 농장은 전혀 다른 모습을 하고 있었다.

"하하하! 이곳에 오면 르완다의 희망을 엿볼 수 있습니다."

웃으면서 손을 흔드는 카가메의 목소리는 힘이 들어가 있었다.

르완다는 90%를 농업에 의존하는 국가였고 다른 부존자원이 없는 나라였다.

"앞으로 이곳에서 생산되는 모든 커피는 제값을 받고 닉스커피를 통해서 전 세계에 팔려 나갈 것입니다."

대규모 투자와 함께 닉스커피의 직원들을 통해서 기술 전수가 이루어지고 있었다.

경쟁력이 있는 커피 원두를 생산하기 위해서는 기후와 토양도 중요했지만, 재배자들의 기술도 무척 중요했다.

"커피와 차는 르완다의 경제의 핵심입니다. 농부의 땀과 노력이 그동안은 제값을 받지 못했습니다. 정말 회장님과 닉스커피에 감사할 뿐입니다."

카가메의 말처럼 커피를 마시는 소비자들이 커피 한 잔

값으로 낸 돈 중에 1%도 안 되는 돈이 농부에게 돌아가고 99%는 중간 상인과 커피 회사가 가져갔다.

하지만 닉스커피는 중간 상인을 없애고 직접 커피 원두를 매입해 곧바로 소비자에게 판매한다.

그 이익 중 15%를 농부에게 돌려주었고 20%는 다시 농장에 재투자되었다.

닉스커피 농장과 별도로 농부들이 재배하는 소규모 농장의 커피도 닉스커피가 매입했다.

"커피와 차뿐만 아니라 제조업도 일으켜야 합니다."

"맞는 말씀입니다. 우리나라는 소비재 대부분을 수입에 의존하고 있습니다. 제가 입고 있는 옷조차도 만들어내지 못하고 있으니까요."

내전을 통해서 그나마 있던 공장들도 문을 닫았다.

르완다는 소비재뿐만 아니라 식량, 원유, 의류 등이 주요 수입 품목이다.

"닉스커피 농장과 함께 옷을 만들 수 있는 공장을 설립할 계획입니다. 르완다에서 만든 옷을 주변 국가에 수출하고 식량을 값싸게 수입할 수 있도록 하겠습니다."

DR콩고에서 생산된 식량을 르완다와 부룬디에 공급할 계획이다.

카로와 함께 각 지역에 대규모 식량 생산 농장을 설립할 계획이었고, 이미 생산에 들어간 곳도 여러 곳이었다.

"하하하! 그렇게만 되면 르완다는 지금보다 훨씬 나아질 것입니다. 회장님이 하시는 모든 일에 르완다 정부는 전적으로 도울 뿐입니다."

입는 옷 하나도 제대로 만들어내지 못하는 르완다에서 첨단 제조산업을 일으킨다는 것은 어불성설이다.

그 나라와 지역에 맞는 산업 정책을 펼쳐야만 했다.

"감사합니다. 말이 나온 김에 키부 지역의 개발 권한을 닉스코어에 일임해 주시면 감사하겠습니다."

"키부 지역을 말입니까?"

키부 지역은 DR콩고와 국경을 접한 접경지였다.

"예, DR콩고 정부에는 이미 권한을 일임받았습니다."

"음, DR콩고에서 허락했다면 저 또한 반대할 이유가 없겠습니다. 언제까지 권한을 내어드리면 되겠습니까?"

카가메는 무엇 때문인지 묻지 않았다. 그가 나를 전적으로 신뢰하는 반증이었다.

키부 지역은 DR콩고와 르완다 내전에서 있어 가장 치열했던 지역 중의 하나였다.

그리고 이곳은 콜탄의 주요 생산지였다.

실제 역사에서 반군들은 콜탄(Coltan)을 불법적으로 채취하여 무기 공급 자금으로 이용했다.

하지만 지금은 그 값어치를 알지 못해 생산량이 적었다.

컬럼바이트와 탄탈라이트의 혼합광석을 지칭하는 콜탄 1kg에는 330g 정도의 탄탈륨을 얻을 수 있다.

탄탈륨은 전도성, 내열성, 내식성에 탁월한 성능을 보유하고 있어 축전기, 합금 재료, 제트엔진, 미사일, 인공위성, 의료기기 등 첨단 기기 제조에 쓰이는 광물이다.

"빠르면 빠를수록 좋습니다."

"알겠습니다. 돌아가는 대로 에너지 장관에게 지시해 놓겠습니다. 한데 그 지역은 아직 치안이 불안하지 않습니까?"

두 나라의 내전이 종결되었지만, 후투족과 투치족의 치열한 싸움이 벌어졌던 키부 지역은 아직도 앙금이 가시지 않고 있었다.

아직도 소소한 전투가 벌어졌다.

"치안 문제는 제가 해결할 수 있습니다. 이 지역도 코마처럼 닉스코어에서 투자가 이루어질 것입니다. 투자가 진행되면 르완다에도 많은 이익이 돌아갈 것입니다."

"하하하! 그 말씀을 들으니 기분이 더 좋아집니다. 오늘 있을 회장님의 환영식에서 술 좀 마셔야겠습니다."

"그렇지 않아도 제가 좋은 술을 가지고 왔습니다. 좋은 날에 좋은 술이 어울리지요."

"하하하! 역시, 회장님은 준비가 철저하십니다."

카가메는 기분 좋은 웃음을 내보이며 농장을 둘러보았다.

나는 그에게 7백만 달러를 통치 자금 형태로 전달했다.

키부 지역을 확보하면 탄탈륨(Tantalum) 생산의 핵심 지역을 모두 확보하는 것이다.

세계 탄탈륨 생산량의 3분의 2 정도가 축전기 산업의 소재로 활용되고 있으며, 탄탈륨 축전기는 핸드폰, 디지털카메라, 게임기 등 디지털 전자 기기의 필수 부품으로 다른 소재로 대체될 가능성은 지금도 앞으로도 없었다.

탄탈륨 축전기의 뛰어난 내열성은 핸드폰의 협소한 공간에서도 주변 장치를 훼손하지 않게 할 뿐만 아니라 균질한 전도성은 고품질의 통화를 가능하게 한다.

더구나 미량의 탄탈륨으로도 핸드폰용 축전기와 전기회로 제조가 가능하기 때문에 핸드폰의 슬림화 및 소형화를 가능하게 해주었고, 이들 제품 시장의 성장에 크게 이바지했다.

탄탈륨은 광산에서 72%를, 재활용에서 20%를, 주석 슬래그에서 8%가 공급된다.

재활용의 경우 전자기기의 소형화에 따른 분리 작업의 기술적 어려움으로 인하여 공급 점유율이 증가할 가능성이 현저히 낮아서 광산 공급원의 중요성이 더욱 증대하고 있었다.

세계에서 처음으로 CDMA(코드분할다중접속) 방식의 상용화 기술이 한국에서 개발되었고, 핸드폰 시장이 세계적으로 확대되고 있는 현 상황에서 탄탈륨의 확보는 미래의 부를 거머쥐는 일이었다.

더구나 DR콩고의 탄탈륨 매장량은 세계 매장량의 80%에 달하며 르완다의 접경 지역인 키부 지역에서 절반이 생산되었다.

*   *   *

르완다에서 국빈 대접을 받은 후에 부룬디로 넘어갔다. 부룬디에서도 르완다와 같은 융숭한 대접을 받았다.

부룬디는 아프리카 최빈국 중의 하나이다.

경제의 농업 의존율이 90% 이상이며, 커피와 차의 수출이 유일한 경제 활력소로서 외환 수입의 80%를 차지하고 있다.

닉스커피는 이곳에서도 1천8백만 달러를 투자해 농장을 인수하고 현지 직원들을 고용했다.

또한 직원들의 숙소 건립과 학교, 병원 설립에 3백5십만 달러가 들어갔다.

닉스코어도 그나마 산출되는 금광 개발에 1천2백만 달러를 투자하고 도로 정비와 인프라에도 8백만 달러를 투자했다.

두 회사의 직접투자는 부룬디에 투자한 외국 회사 중에 최고 금액이었고 그 차이가 20배를 넘어섰다.

이러다 보니 르완다처럼 부룬디도 나에게 적극적으로 협조할 수밖에 없었다.

뚜렷한 산업이 없고 농업과 어업에 의존하는 부룬디에도 의류와 섬유 산업을 일으킬 계획이었다.

부룬디 방문을 끝나자마자 나는 다시 비행기를 타고 남아프리카공화국으로 날아갔다.

Chapter 12

내가 탄 전용기가 남아프리카공화국 요하네스버그 국제 공항에 내렸다.

아프리카에서 경제적인 자립을 이룩한 남아프리카공화국은 1994년 4월 27일 최초의 다인종 자유선거가 시행되어 흑인 최초로 넬슨 만델라가 대통령에 당선되었다.

남아프리카의 중요 산업은 광업이며 풍부한 지하 광물자원은 이 나라 경제의 원동력이 되고 있다.

약 1천여 개의 광산에서 철광, 구리, 니켈, 크롬, 인광 우라늄 등 60여 종의 광물을 채광하고 있으며, 세계 최대의 광물자원 부국으로 광물 수출이 전체 수출의 30%를 차지하고 있다.

다이아몬드는 세계 생산액의 66%를 차지하며 금은 세계 매장량의 절반을 차지하고 있다.

하지만 부의 대부분이 백인과 인도인에게 편중되어 있었다.

남아프리카공화국 방문은 드비어스사의 오펜하이머 회장의 초대로 이루어졌다.

그는 아프리카 최고 갑부이며, 오펜하이머 회장 일가가 소유한 재산은 무려 40억 달러를 넘어서고 있었다.

공항에는 오펜하이머 회장과 러시아 대사인 카를로프가 마중 나와 있었다.

"하하하! 남아프리카공화국은 처음이시지요?"

오펜하이머는 환한 웃음을 나를 반겼다.

"예, 처음입니다. 이렇게 직접 공항에 나와주서서 감사합니다."

"하하! 여기 카를로프 대사님도 나와 계시는데 당연히 저도 나와야지요."

오펜하이머는 자신의 옆에 서 있는 카를로프 대사를 바라보며 말했다.

"카를로프입니다. 처음 뵙겠습니다."

40대 후반인 카를로프는 나에게 고개를 숙이며 말했다.

어느 순간부터 내가 외국을 방문할 때마다 현지 러시아 대사들이 공항에 나와 나를 반겼다.

"바쁘신데 나와주셔서 고맙습니다."

나는 카를로프에게 악수를 청했고 그는 정중하게 내 손을 잡았다.

그런 카를로프의 행동에 오펜하이머는 놀라는 눈치였다.

대사관의 보안 요원들도 공항에 나와 나를 경호했다.

남아프리카 방문에도 55명에 달하는 경호원들이 나를 경호하고 있었다.

"아닙니다, 당연히 회장님을 찾아뵈야지요. 방문 기간 동안 불편하신 것이 있으시면 언제든지 말씀하십시오."

"하하! 알겠습니다. 우리 때문에 사람들이 불편해하는 것 같으니 밖으로 나가시지요."

나의 말처럼 수십 명의 경호원이 주변을 통제하고 있었다.

공항 현지 경찰도 러시아 대사관의 연락을 받았는지 일반인의 접근을 막았다.

"그렇게 해야겠습니다. 자, 이쪽으로 가시지요."

오펜하이머의 안내를 받으며 공항을 나섰다.

공항 밖에는 미리 준비된 방탄 차량이 대기하고 있었다.

미국에서의 습격 이후로는 내가 방문하는 나라들에 대해 코사크 정보센터와 러시아연방안전국(FSB)에서 정보를 수집하고 조사했다.

세계 최대 다이아몬드 회사 드비어스(De Beers)는 남아프리카공화국 요하네스버그에 본사가 있었다.

한때는 전 세계 다이아몬드 생산의 80%를, 판매의 65%를 점유했었다. 하지만 내가 소유한 알로사의 부상으로 인해 생산과 판매율이 각각 10%와 6%가 떨어졌다.

떨어진 생산율과 판매율은 알로사가 고스란히 차지했다.

나와 일행은 오펜하이머가 준비해 준 저택에 여장을 풀었다.

요하네스버그 교외에 있는 저택은 드비어스사의 소유로 백인들만 모여 사는 곳이었다.

요하네스버그가 내려다보이는 언덕에 자리를 잡은 저택에는 수영장을 비롯하여 연회실과 회의실이 별도로 마련되어 있었다.

하루 먼저 경호원들과 저택에 도착하여 보안 사항을 점검한 티토브 정이 나를 반겼다.

"오셨습니까? 집이 상당히 좋습니다."

"그렇게요. 풍광도 멋지고 시설도 특급 호텔에 비교해도 전혀 뒤지지 않네요."

인테리어나 시설들 하나하나가 최고급 제품들이었다.

"역시! 부자들은 어딜 가나 잘 먹고 잘사네."

김만철이 저택을 살펴보며 말했다. 넓게 펼쳐진 정원만
해도 200평이 넘었다.

저택 주변으로는 숲을 연상시킬 정도로 나무들이 빼곡하
게 펼쳐져 있었다.

"남아프리카공화국도 빈부의 격차가 심한 곳입니다. 대
부분의 자본과 부를 백인이 차지하고 있으니까요. 요하네스
버그의 변두리에 가보면 비가 새는 판자촌이 즐비합니다."

백인의 소득을 100으로 본다면 인도인은 60, 컬러드(네덜
란드 이주민과 원주민 코이족, 반투족과의 혼혈)는 22, 흑인은
13에 불과하다.

경제적 기득권을 백인이 쥐고 있는 상황에서 흑인들의
소득은 아주 조금씩 늘고 있지만, 낮은 교육 수준으로 인해
흑인들의 대다수가 여전히 숙련직과 전문직에 진출하지 못
하고 있다.

"여기만 보면 이곳이 아프리카가 맞는가 할 정도인데, 그
런 곳이 있군요?"

김만철은 지금껏 머물던 DR콩고와 르완다와는 전혀 다
른 남아프리카공화국의 현실을 모르고 있었다.

"세상 어딜 가나 가진 자와 못 가진 자의 차이가 뚜렷하게 나타나는 곳은 자본의 독식이 이루어진 나라들입니다. 자본주의는 경쟁을 모토로 하기에 필연적으로 덜 가진 자와 더 가진 자를 양산하지만, 과도한 빈부 격차의 증가는 남아프리카공화국이 다른 아프리카 국가보다 더욱 심합니다."

현대 사회를 지배하는 요소 중 하나는 자본주의다.

이러한 자본주의가 다른 아프리카 국가들보다 일찍이 시작된 곳이 남아프리카공화국이었고, 식민지 시절에 만들어진 부의 독식은 쉽게 변하지 않았다.

처음 흑인 정권이 들어선 남아프리카공화국은 혼란기였다.

흑인 정권에 반발하는 백인들은 만델라 정권에 협조하지 않았다.

흑인의 참정권이 확보된 지 2년이 지난 지금도 남아공 요하네스버그 주식시장에 상장된 6백여 개의 회사 가운데 흑인 소유는 16개에 불과했고, 남아공을 통틀어서 흑인이 경영자로 있는 회사는 5%도 되지 않았다.

"식민지를 겪어서 그렇습니까?"

"식민지도 물론 영향을 주었지만, 과거 백인 정권의 가혹한 인종 차별 정책이 부와 경제력에서 원주민들을 철저히 배제했습니다. 그러한 정책은 산업화의 열매를 백인이 독차지하기 위한 것이었습니다."

현재 만델라 정부는 국영기업들과 일부 기업들에 대해서 흑·백 간 경영권 이양작업에 박차를 가하고 있었다.

하지만 흑백 간의 경제력 재분배에서도 소수 흑인 엘리트에게 부가 돌아가는 일이 발생하고 있었다.

"하여간 있는 놈들이 더하니까요."

"저도 말입니까?"

"하하! 물론 우리 회장님은 빼야지요."

김만철은 내 말에 멋쩍은 웃음을 지으며 말했다.

"한데, 이곳은 왜 오신 것입니까?"

티토브 정이 궁금한 듯 물었다.

"물론 오펜하이머 회장의 초대로 방문했지만 사실 다이아몬드보다는 남아공의 광물과 닉스커피를 진출시키기 위해서입니다."

"이곳에도 광물이 많이 생산되나 보죠?"

"예, 러시아나 DR콩고 못지않습니다. 금, 망간, 백금, 크롬, 알루미늄 등의 생산은 세계 1위를 달리고 있습니다."

남아공의 광물 수출은 전체 수출에 50%에 육박한다.

하지만 흑인 정권이 들어서자 백인들의 안전이 보장받을 수 없고, 엄청난 경제적 사회 불안이 닥칠 것이라는 백인들의 염려가 가중되어 남아공을 떠나는 사람들이 적지 않았다.

그로 인해 백인들이 소유했던 광산이 상당수 매물로 나와 있었고, 국영기업이 운영 중인 광산들에도 투자가 필요했다.

남아공이 안정되지 않자 외국 기업들도 적극적인 진출을 꺼리고 있었다.

"아! 그래서 이곳의 광산들도 손에 넣으시려고요."

김만철은 나의 설명에 뭔지 알겠다는 표정을 지으며 말했다.

"예, 닉스코어에 더욱 힘을 실으려면 남아공도 우리가 추구하는 광물자원 카르텔에 들어가야 합니다. 그래야만 광물자원에 대한 완벽한 가격통제가 이루어질 수 있습니다."

사실 내가 하려는 것은 다이아몬드 독점 체제를 이루었던 드비어스가 진행한 방식이다.

혼란기에 처해 있는 남아공의 현실이 이곳의 광물들을 손에 넣을 기회였다.

한편으로 남아공은 소득 재분배 정책에 따른 반발과 함께 과도 시기로 인한 부정부패가 만연했다.

억눌리고 가난에 찌들어 살던 흑인들은 흑인 정권이 들어서자 목소리를 높였고, 만델라 정권은 흑인들의 요구를 들어주기 위한 작업을 진행하고 있었지만, 경제정책을 담당하는 인물들 대다수가 백인들이었다.

이들은 급진적인 경제정책이 아닌 보수적인 경제정책을 고수하길 원했다.

급진적인 경제정책은 자칫 남아공의 경제 혼란과 불황을 가져올 수 있었다.

더구나 남아공의 부를 움켜쥔 백인들의 협조 없이는 경제정책을 펼치더라도 큰 실효성이 없었다.

$$* \qquad * \qquad *$$

요하네스버그는 남아프리카공화국의 최대 도시이며, 동시에 아프리카 대륙에서 가장 큰 도시다.

드비어스 본사는 요하네스버그의 중심에 자리 잡고 있었다.

본사가 있는 다운타운 주변에는 최고급 호텔과 십여 개에 달하는 극장, 그리고 천여 개가 넘는 레스토랑이 있었다.

도착 다음 날, 나는 십여 대의 경호 차량에 둘러싸인 채 드비어스 본사에 도착했다. 본사 건물 앞에도 경비원들이 나와 주변을 경계하고 있었다.

남들이 보기에는 과도하게 보일지 모르는 경호 인력이었지만 경호실과 코사크 요원들은 그렇게 생각하지 않았다.

뉴욕에서의 경험은 부족함보다는 과도한 게 낫다는 걸

증명했다.

"어서 오십시오. 회장님이 기다리고 계십니다."

오펜하이머의 비서실장이 건물 밖으로 나와 날 안내했다.

회장실은 31층에 자리 잡고 있었다.

전용 엘리베이터를 타고 31층에 내리자 오펜하이머가 입구에서 날 반겨주었다.

"편안하게 주무셨습니까?"

"덕분에 편안한 밤이 되었습니다."

"피곤하실까 봐 어제는 일부러 환영 파티를 열지 않았습니다. 오늘은 즐거운 밤을 보내셔야 합니다."

어제 저녁때 요하네스버그에 도착했기 때문에 공항에서 오펜하이머와 잠깐 만난 후 곧장 마련된 숙소로 향하였다.

"하하! 기대해도 되겠습니까?"

"하하! 물론입니다. 남아공의 밤이 뜨겁게 달아오를 정도로 멋진 파티가 될 것입니다. 자, 이쪽으로 가십시오."

회장실은 31층의 절반을 차지할 정도로 넓었다.

100년간 비상장 가족 경영 체제로 유지되고 있는 드비어스는 모든 권한이 회장에 집중되어 있었다.

그 권한과 위상에 걸맞은 회장실이었다.

회장실의 전면은 요하네스버그의 중심지가 한눈에 들어왔다.

뭉게구름이 살짝 걸쳐져 있는 창밖 날씨는 무척이나 화창했다.

"강 회장님이 방문하셔서 그런지 날씨가 무척 화창합니다. 엊그제만 해도 3일간 비가 내렸었습니다."

"화사한 날씨 때문이라도 오늘 나눌 이야기도 잘 풀릴 것 같습니다."

"하하하! 물론 그럴 것입니다. 서로의 이익을 극대화하는 방향으로 가야지요."

오펜하이머는 크게 웃으며 말했지만 사실 드비어스의 상황은 이전과 같지 않았다.

글로벌 광산 업체로 부상한 알로사와 한국의 닉스코어로 인해 드비어스의 시장 장악력이 시간이 지날수록 떨어지고 있었다.

닉스코어가 DR콩고에서 새로운 다이아몬드 광산을 발견했고, 앙골라와 르완다, 부룬디에서도 탐사를 진행하고 있었다.

거기에 오스트레일리아의 빌리턴과 리오 틴토가 자국 내 광산과 캐나다에서 다이아몬드 광산을 발견했다.

호주 또한 다이아몬드 생산에 있어 적지 않은 위치를 자치하고 있었다.

호주는 주로 공업용 다이아몬드를 생산한다.

"말씀대로 좋은 결과로 이어졌으면 합니다. 올해 알로사의 독자적인 판매율을 5%로 더 늘리는 방안을……."

본격적으로 다이아몬드 판매에 대한 이야기를 진행했다.

작년보다 알로사에서 독자적으로 판매하는 비율을 5% 더 늘리겠다는 제안을 드비어스에 보냈다.

드비어스는 세계 다이아몬드 시장의 가격 결정 주도권을 빼앗기지 않기 위해 원산지를 불문하고 마구잡이로 다이아몬드 원석을 사들여 수급을 조절했다.

이미 드비어스 창고에는 30억 달러 이상의 원석이 쌓여 있지만 전 세계 물량 조절을 위해 계속 사들였다.

"음, 알로사의 직접 판매가 5%나 늘어나면 저희의 부담이 큽니다. 새로운 신규 광산의 등장으로 수급 조절이 예전과 같지 않습니다."

오펜하이머는 난색을 보였다.

"5%는 직접적인 원석 판매가 아닌 파베로제를 통해서 가공된 보석으로 판매할 것입니다. 대신 닉스코어가 발견한 다이아몬드 광산에서 생산되는 원석을 드비어스를 통해 판매하겠습니다."

"닉스코어가 회장님의 기업이었습니까?"

닉스코어가 다이아몬드 광산을 발견했다는 것을 오펜하이머는 알고 있었다.

"제가 운영하는 기업이라기보다는 룩오일NY가 지분을 가지고 있습니다."

오펜하이머에게 모든 걸 알려줄 필요는 없었다.

"좋습니다, 그에 대한 답은 내일까지 전해 드리겠습니다."

"긍정적인 답으로 돌아오길 바랍니다."

"하하하! 물론입니다. 두 회사가 협력해야만 지금의 체계가 깨지지 않습니다."

드비어스의 다이아몬드 판매 방식은 특히 까다로웠다.

일 년에 딱 10번만 이뤄지는 판매 기회는 전 세계적으로 150여 단골 고객(Sightholder)에게만 주어진다.

이 단골 고객들은 다이아몬드 원석에 대한 선택권이 전혀 없다.

회사 측에서 가격과 물량을 제시하면 불만 없이 현금으로만 구매해야 했다.

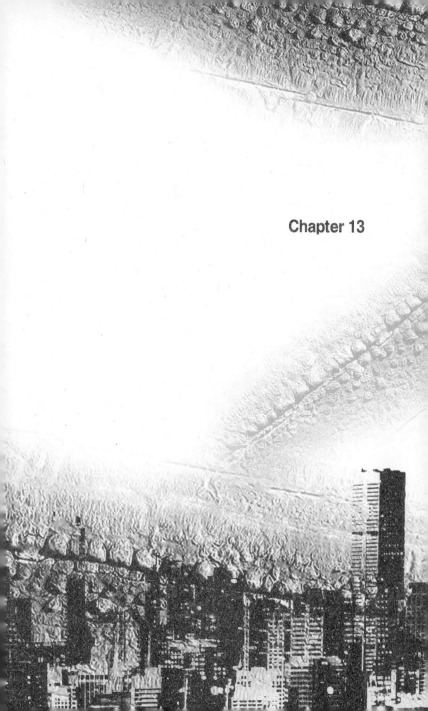

Chapter 13

　드비어스의 오펜하이머 회장이 개최한 파티에는 남아프
리카공화국의 기업인과 정부 관리들이 대거 참석했다.

　참석자들 대다수가 실질적으로 남아공을 이끌어가는 인
물들이었다.

　그중 넬슨 만델라 대통령의 최측근이자 신아프리카투자
회사에 부회장으로 임명된 시릴 라마포사가 눈에 들어왔
다.

　신아프리카투자회사는 남아공의 국영기업과 국영 광산
에 대한 전반적인 업무를 다루고 있었다.

시릴 라마포사는 만델라 대통령과 함께 아파르트헤이트(인종 차별)정책 철폐를 위해 투쟁한 인물이다.

그는 현 남아공의 집권당인 아프리카민족회의 사무총장이기도 했다.

남아프리카공화국의 극단적인 인종 차별 정책과 제도인 아파르트헤이트가 끝날 무렵 남아공의 경제는 국제적 제재와 고립으로 인해 심하게 타격을 받았다.

만델라와 아프리카민족회의(ANC)는 붕괴 직전의 경제를 물려받았다고 할 수 있었다.

아파르트헤이트는 10%를 넘어서는 인플레이션과 흑인들 사이에 만연한 실업을 낳았다. 그것은 현재 남아공 경제에 발목을 잡고 있는 골칫거리였다.

남아프리카공화국의 공식적인 실업률은 몇 년 동안 25%를 넘어섰고, 젊은 층의 실업률은 더욱 심각해 25세 이하 중 절반은 직장이 없었다.

더구나 남아공 인구의 절대다수를 차지하는 흑인들의 낮은 교육 수준과 기술 부족은 남아공의 미래를 더 암울하게 하고 있었다.

"이분이 룩오일NY의 표도르 강 회장님입니다."

오펜하이머를 통해서 시릴 라마포사를 소개받았다.

"처음 뵈겠습니다. 표도르 강이라고 합니다."

"오! 이제야 뵙게 되었네요. 강 회장님께서 DR콩고에 새 바람을 불어넣고 있다는 소식을 들었습니다."

라마포사는 나에게 손을 내밀며 반갑게 맞이했다.

중부아프리카의 골칫거리였던 DR콩고가 놀라운 변화를 맞이하고 있다는 소식은 아프리카 전역의 국가들로 전해졌다.

"하하! 제가 한 것이 아닙니다. 남아프리카공화국의 만델라 대통령처럼 훌륭한 지도자가 DR콩고에서 나왔기 때문입니다."

"무척 겸손하십니다. 저도 이곳저곳에서 듣는 이야기가 있습니다. 강 회장님이 아니었다면 DR콩고는 아직도 내전 중일 것입니다. 르완다와 부룬디에도 총소리가 멈췄다는 것은 정말이지 놀라운 일입니다."

세 나라의 문제에 미국을 비롯한 국제사회가 나섰지만, 해결은커녕 더욱 복잡한 상황으로 만들었다.

서방은 내전을 종식해 종족 간의 학살을 막아야 한다는 주장을 했지만, 실질적인 이익이 따라오지 않는 세 나라의 문제에 발을 담그지 않으려고 했다.

특히나 내세울 만한 지하자원이 없는 르완다와 부룬디는 그 사정이 더욱 심했었다.

"저는 기업인이라 정치적인 문제보다는 경제적인 일에

치중했습니다. 운이 좋아 종족 간의 화합할 수 있는 일에 참여할 수 있었을 뿐입니다."

"하하하! 제가 들었던 것보다 더 겸손하십니다. 한데 이곳은 어쩐 일로 방문하셨습니까?"

내 대답에 활짝 웃는 라마포사가 궁금한 듯 물었다.

"강 회장님은 저희와 거래하고 계십니다. DR콩고에 계시다는 소리를 듣고서 제가 초대를 했습니다."

오펜하이머가 나 대신 대답을 했다.

"그러셨군요. 드비어스와 거래하신다면 저희 쪽에도 투자를 해주십시오."

라마포사의 입에서 내가 바라던 말이 나왔다.

신아프리카투자회사는 구조조정이 필요한 국영기업과 광산들이 많았다.

국제 제재로 인한 경제 침체와 흑인 정권에 대한 반발로 인해 남아공의 알짜배기 기업들이 매물로 상당수 나와 있었다.

"그렇지 않아도 남아공의 광산에 투자 계획을 세우고 있었습니다."

"하하하! 이건 듣던 중 반가운 소리입니다. 저에게 잠시 시간을 내주실 수 있겠습니까?"

"물론입니다."

나는 라마포사와 함께 회의실이 있는 2층으로 올라갔다.

*   *   *

한라그룹에 새롭게 설립된 한라에너지에 정태술 회장의 아들인 정문호가 출근했다.

직급은 차장이었고, 부서는 기획부서였다.

정문호의 일은 전국 지역에 주유소 설립과 관련된 업무가 주된 일이었다.

"정 차장님, 회의에 참석하시랍니다."

같은 부서의 정 대리가 멀뚱히 책상에 앉아 있는 정문호에게 말했다.

"회의는 오전에 했잖아?"

"지금 회의는 주유소 부지 매입에 관한 회의입니다."

"아으! 꼭 참석해야 해?"

정문호는 좀이 쑤시는지 기지개를 켜며 물었다.

처음 회사 업무를 맡게 된 기념으로 어제 친한 인물들과 새벽까지 달렸다.

마음 같아서는 사우나에 가서 몸을 푹 담그고 싶을 뿐이었지만 아버지인 정태술의 엄포에 그럴 수도 없었다.

회사 일에 충실하지 않으면 한라그룹을 자신의 누나들에

게 넘기겠다는 말이었다.

정문호에게는 두 명의 누나가 있었고, 그의 매형들이 한라그룹 계열사에서 이사로 근무했다.

"제 생각에는 참석하시는 게 좋을 것 같습니다."

정 대리는 정문호의 한심한 모습을 애써 참으며 말했다.

"알았어, 들어갈게."

놀고먹는 생활에 익숙하던 정문호는 단 하루였지만 경직된 회사 생활에 미칠 것 같았다.

점심을 먹고 난 후부터는 오로지 벽에 걸린 시계만 바라보았다.

"예, 그럼."

정 대리는 가볍게 인사를 하고는 회의실로 향했다.

사실 정문호가 회의에 참석하지 않는 것이 더 나았다. 정태술 회장의 특별 지시가 아니었다면 정문호가 하고 싶은 대로, 그대로 두었을 것이다.

"아, 정말 지겹네. 재미없고 지루할 걸 예상했지만 이건 정말 장난이 아니네."

노골적으로 지루함을 내보이는 정문호의 말에 앞쪽에 앉아 있는 여직원이 살짝 웃는 모습이 보였다.

'후후! 귀여운데. 어쩌면 여기도 재밌는 일이 있을지도 모르겠는데.'

이번에 정문호처럼 새롭게 회사에 입사한 신입 여직원이었다.

정문호의 눈에는 회사 유니폼을 입고 있는 그녀의 모습이 꽤 자극적으로 다가왔다.

"박영희 씨라고 했나?"

"아, 예."

정문호의 부름에 박영희는 책상에서 일어났다. 그녀는 긴 생머리에 어울리는 외모와 늘씬한 몸매를 가지고 있었다.

"회의실에 뭘 들고 가나?"

"자료를 프린트해서 가져다 놓았습니다. 필기하실 노트만 가져가시면 됩니다."

"어, 그래. 고마워."

"아닙니다."

"어, 맞다. 우리 둘 다 신입이지?"

"예, 저는 신입이지만 차장님은 아니시죠."

"하하! 말이 차장이지 나도 초짜야. 하여간 신입끼리 잘해보자고."

정문호는 박영희에게 손을 내밀었다. 멋쩍은 표정의 박영희는 잠시 머뭇거렸다.

"뭐 해? 내 손에 뭐가 묻었어?"

"아닙니다. 잘 부탁드립니다."

정문호의 말에 박영희가 정문호의 손을 잡았다.

"그래, 잘해보자고."

박영희의 손을 잡은 정문호는 자신의 엄지로 그녀의 손등을 매만졌다.

그런 정문호의 행동에 얼굴이 붉어진 박영희의 두 눈이 커졌지만 아무런 말을 할 수가 없었다.

회장의 아들이자 부서의 차장인 정문호에게 처음부터 찍히기 싫었기 때문이다.

*   *   *

"문호는 잘하고 있어?"

정태술이 푹신한 소파에 기대며 물었다.

"예, 잘하고 있습니다. 처음엔 적응하기가 조금 힘들겠지만, 앞으로 회사 업무에 익숙해지면 더 잘할 것입니다."

"그래야지. 너무 오냐오냐 키웠더니 안 되겠어. 회사에 잘 적응할 수 있게 계속 지켜봐."

"예, 부서장인 김훈 부장에게 수시로 보고하라고 했습니다."

"이대수 회장의 말처럼 진작에 회사 일을 맡겼어야 했어."

대산그룹의 이대수 회장은 이중호가 진행했던 일을 통해서 자기 아들의 진면목을 보았다고 정태술에게 말했다.

그가 알고 있던 이중호와 회사의 업무를 통해서 본 이중호는 다르더다는 말이었다.

그 말에 정태술도 생각을 바꾸어 정문호를 회사로 출근시켰다. 자신의 눈 밖에서 말썽만 피우는 아들을 눈 안에서 지켜보겠다고 결심한 것이다.

더구나 두 사위가 자신이 생각했던 것보다 한라그룹에 대한 욕심을 드러내고 있었다.

특히나 첫째 딸의 욕심은 자신을 꼭 빼닮았다.

"지금도 늦지 않았습니다. 정 차장도 충분히 자신의 능력을 보여줄 것입니다."

"그래. 문호도 나처럼 목표로 삼으면 집요할 정도로 매달리는 성격이니까, 회사 일에 흥미를 느끼면 잘할 거야. 그건 그렇고, 주유소 건립 허가는 다 나온 거지?"

"예, 서울과 경기도는 모두 끝났습니다. 부산과 대구 지역은 이번 달에 마무리될 것입니다. 전라남북도는 계획대로 3개월 후에 진행할 예정입니다."

한라에너지는 전국적인 주유소 유통망을 갖추기 위해서 주유소 건립과 인수에 힘을 쏟고 있었다.

하지만 닉스정유와의 계약에 큰 자금을 쏟아붓는 바람에

전라남북도는 뒤로 미루어졌다.

"올해는 주유소에 힘을 쏟아. 올해 좀 힘들더라도 내년에는 한라에너지에서 캐시 좀 만질 테니까."

"예, 다행히도 외화 대출이 쉽게 이루어져 투자금에는 문제가 없습니다."

"그래, 빚도 자산이야. 빚이 어느 정도 있어야 은행도 함부로 하지 못해. 한데 요즘 대명이나 보영이 아주 작정을 한 것 같아."

"예, 이번 달에도 2개의 회사를 인수했습니다. 두 그룹뿐만 아니라 대산과 대용를 비롯한 국내 그룹 대다수가 사세 확장에 열을 올리고 있습니다."

"외국 자금이 들어오니까 다들 난리군. 요새 닉스홀딩스는 어때?"

"의외로 조용합니다. 재작년에 시작한 사업들에 매진하려는지 새로운 움직임은 없습니다."

"음, 강태수 이놈이 알짜배기는 다 갖고 있어. 어떤 식으로 돈을 융통하는지는 모르겠지만 막힘이 없잖아."

"시장에서는 닉스홀딩스의 규모보다 너무 큰 자금이 들어가는 사업을 하고 있다고 우려하고 있습니다. 제철과 정유만 해도 조 단위의 사업입니다."

가장 큰 투자가 이루어지는 제철과 정유, 거기에 석유화학 공장까지 닉스홀딩스는 연이어 진행 중이었다.

"그렇게 말이야. 주식시장에 상장도 하지 않고서 어떻게 그런 자금을 빌리는지 미스터리야."

"들리는 말로는 러시아와 미국에서 자금 투자를 받았다는 말이 있습니다. 3개의 공장 모두가 신의주 특별행정구에 지어지고 있고, 그곳에 진출한 은행이 소빈뱅크이기 때문입니다."

"정말 러시아 놈들에게 투자를 받았다면 강태수도 꽤 고생을 하겠군. 러시아 놈들은 칼만 안 들었지 강도나 다름없어."

한라건설은 소빈뱅크 한국 지점에서 자금을 빌렸다가 논현동에 지어놓은 고급 빌라 단지를 이익도 보지 못한 채 고스란히 넘겼다.

논현동 빌라 단지는 그때보다 30% 이상 시세가 상승했다.

"그렇지 않아도 요즘 들어 소빈뱅크가 상당히 저렴한 이율로 기업 대출을 하고 있습니다."

"지들 나라는 형편없는데도 돈놀이에는 아주 혈안이 되었어. 얼마나 저렴한데?"

"담보에 따라서 시중 은행보다 1% 정도 저렴합니다. 대명과 보영그룹도 소빈뱅크에서 인수 자금을 대출받았습니다."

적게는 수십억에서 수천억이 오고 가는 기업 대출에서 1%는 큰 차이였다.

소빈뱅크는 시중 은행보다 저렴하게 기업 대출을 해주었지만 대부분 1년 미만의 단기성 대출이었다.

"음, 작지는 않군. 내가 이야기한 것은 준비했어?"

"예, 200개는 마련되었습니다. 전라남북도에 공사가 들어가면 나머지 100개도 준비될 것입니다."

정태술은 300억의 비자금을 준비하라고 지시했다. 내년에 있을 대선을 준비하기 위해서였다.

정민당의 한종태 당 대표가 대선 주자로 나올 것이 확실시되었고, 언론에서도 당선 가능성을 크게 점쳤다.

만약 한종태가 대통령에 당선되면 한라그룹에게 돌아오는 파이가 아주 컸다.

지금까지 한라㈜와 한라건설에서 손해를 본 자금을 모두 만회하고도 남을 이익이 한라그룹에 주어지는 것이다.

"그래, 잘했어. 한 대표가 대통령이 되면 앞으로 주유소 사업과 석유 사업으로 꿩 먹고 알 먹는 일만 남은 거야."

정민당의 한종태는 대통령에 당선되면 한라그룹에게 석유 자원의 탐사와 개발, 그리고 석유 비축 시설을 관리하는 한국석유공사를 넘겨주기로 했다.

한국석유공사는 정부가 출자한 알짜배기 공기업으로 자

본금만 4조 원이 넘는 기업이다.

*　　　*　　　*

 신아프리카투자회사 시릴 라마포사와의 만남은 파티가 끝난 다음 날에도 이어졌다.

 이때는 신아프리카투자회사의 관계자와 닉스코어의 유태민 대표, 실무진이 함께했다.

 아프리카에는 남쪽으로 내려가면 갈수록 더 잘산다는 말이 있다.

 이러한 말은 경제적으로 가장 앞선 남아프리카공화국을 두고 한 말이다.

 남아공은 아프리카 속의 유럽, 혹은 아프리카 경제의 파워 하우스라고도 불린다.

 남아프리카에서 닉스코어가 노리는 것은 우라늄, 니켈 크롬, 인광, 망간이다.

 이미 러시아와 호주를 통해서 철, 금, 구리, 은, 석탄, 제강용 원료탄 등 기본적인 광물은 충분히 확보된 상황이다.

 DR콩고와 칠레, 그리고 중국에서 희토류, 구리, 리튬, 몰리브덴, 코발트, 콜탄(탄탈륨) 등 국제 시세를 조정할 만큼의 광물 또한 확보되었다.

닉스코어는 첨단 산업에 필수적인 광물들과 희귀 광물 확보에 중점을 두고 있었다.

"우선 제리크 광산과 스톱버그 광산을 인수하고 싶습니다."

제리크 광산은 개발이 중단된 광산으로 우라늄이 매장되어 있었고, 스톱버그는 니켈 광산이다.

두 광산 모두 신아프리카투자회사의 관리하에 있었다.

닉스코어는 이미 사전에 남아공의 광산에 대해 자세히 조사했다.

"두 광산 모두 우리 회사의 핵심 광산들입니다. 충분한 가격을 제시해 주셔야만 합니다."

닉스코어 실무진의 말에 협상에 참여한 신아프리카투자회사 관계자가 답했다.

"물론 합당한 가격을 드릴 것입니다. 하지만 현재 두 광산 모두 시설 투자 문제와 파업으로 문제가 생긴 것으로 알고 있습니다. 몇 달간 지속된 파업으로 광산이 문을 닫을 지경이지 않습니까? 매입자가 나왔을 때 적당한 가격으로 넘기시는 것이 좋지 않을까요?"

광산 개발과 운영에는 상당한 투자가 동반된다.

현재 남아공의 정치와 경제가 혼란스럽자 투자금을 쉽게 마련할 수 없었다.

더구나 스톱버그 광산은 작년 초부터 니켈 가격 하락으로 적자가 발생하자 정부 출연 자금을 갚지 못해 신아프리카투자회사로 넘어왔다.

"파업은 곧 해결될 것입니다. 2억 달러는 헐값에 가까운 가격입니다. 5억 달러까지는 저희가 양보할 수 있습니다."

신아프리카투자회사 관계자는 만만치 않았다.

"그럼 임금 지급 문제와 파업을 해결하는 조건으로 두 광산을 5억 달러에 인수하지요."

"뭔가 오해가 있으신가 봅니다. 저는 스톱버그 가격만 5억 달러를 이야기한 것입니다."

"5억 달러면 칠레의 광산을 2개 인수할 수 있는 금액입니다. 더구나 니켈의 국제 가격은 내림세를 멈추지 않고 있습니다. 5억 달러의 자금을 들여 인수한다면 저희는 이전 회사처럼 적자에 시달릴 것입니다. 아프리카 국가 중 저희의 투자를 바라는 곳이 많습니다. 나미비아와 잠비아에도 스톱버그 광산을 대신할 니켈 광산은 충분합니다."

한국의 12배 크기에 5천만 명이 넘어서는 인구를 가지고 있는 남아프리카공화국의 광산을 노리는 것은 다른 아프리카 국가와 달리 인프라가 구축되어 있어 물류비용과 기타 비용을 절감할 수 있기 때문이다.

남아공에는 약 7~800개의 광산이 있었고 고용된 노동자

수는 40만 명에 이른다.

이는 숙련된 광산 인력들이 풍부하다는 뜻이다.

"그렇다 해도 두 개의 광산을 5억 달러에 넘기는 것은 힘든 일입니다. 8억 달러면 검토해 보겠습니다."

"그건 저희도 감당할 수 없는 금액입니다. 추가 투자금이 들어갈 수 있는 상황에서 5억 달러는 적정한 금액입니다. 이대로 두 광산을 계속 방치해 둔다면 5억 달러도 받기 힘들 것입니다."

협상을 주도하고 있는 이진상 이사의 마지막 말에 신아프리카투자회사 관계자의 표정이 바뀌었다.

두 광산 모두 시간이 지날수록 시설 유지비가 늘어날 수밖에 없었다.

임금과 복지 문제로 파업이 일어난 스톱버그 광산도 시설 관리가 이루어지지 않고 있었다.

"이 문제에 대해서 지금 당장 답을 드릴 수가 없겠습니다. 내부적 검토 후 내일모레 다시 만나 의견을 나누는 것이 좋겠습니다."

"알겠습니다. 연락을 기다리겠습니다."

양측 실무진은 가격 협상에서 큰 차이를 보였다.

이미 신아프리카투자회사의 반응을 닉스코어의 실무진은 예상하고 있었다.

남아프리카공화국은 1994년 이후 경제 주도권을 가진 백인들과 새로운 정권 창출과 지배층 구성을 원하는 흑인 정부 지도자들 간의 의견 대립이 심해졌다.

　지금도 흑인 대통령이 계속 집권하고 있었지만, 정치·경제·사회적 문제는 쉽게 해결되지 못하고 있었고, 미래에도 마찬가지였다.

　남아공 경제는 인구 10% 미만에 불과한 백인이 지배하고 있다.

　흑인들의 실업률은 백인의 3~4배가 넘는다.

　농업을 비롯한 남아공 내 경제 활동이 지속적으로 약화되면서 대기업 대부분은 국내 투자 비중을 줄여 다른 아프리카 국가에 대한 투자에 눈을 돌리고 있었다.

　"역시 다른 아프리카 국가와는 다르네요."

　"예, 하지만 다른 인수 주체가 없는 상황에서 가격을 고수할 수는 없습니다."

　닉스코어의 유태민 대표의 말이었다.

　중국이 아직 해외 자원에 눈을 돌리는 시기가 아니었다.

　블랙홀처럼 세계 자원을 흡수했던 중국이 있었다면 닉스코어는 신아프리카투자회사가 제시한 조건을 받아들였을 것이다.

현재 정치와 사회, 그리고 경제적인 문제까지 혼란기에 있는 남아공에 투자를 진행하는 외국 기업들은 드물었다.

"시간은 우리 편이지만 두 광산을 이대로 내버려 두면 인수 후에 닉스코어의 시설 투자금이 늘어날 것입니다. 우선 스톱버그 광산의 광부들을 만나보도록 하십시오."

신아프리카투자회사에 속한 광산들의 관리가 부실했다.

기존 백인들이 운영했던 회사에 흑인 경영자와 관계자가 들어오자 내부 마찰도 적지 않았다.

그러한 마찰로 인해 관리가 부실해졌다.

"예, 광부 대표들을 만나보겠습니다."

스톱버그 광산을 인수하더라도 파업을 끝내지 못하면 아무런 실익이 없었다.

광부들의 합리적인 요구 조건이라면 들어줄 생각이다.

*   *   *

광산 인수와 별도로 닉스커피의 진출을 위해 닉스커피의 고영환 대표와 실무진이 남아공을 찾았다.

남아공에 닉스커피를 진출시키려는 이유는 르완다와 부룬디에서 생산되는 커피 원두를 소비하기 위해서다.

남아공의 인구 중 79%는 아프리칸이고 네덜란드나 영국

계는 9.6%를 차지한다.

자연환경이 아름다운 남아공은 쾌척하고 온화한 기후를 자랑한다. 생활비도 저렴해 유럽 국가의 정년퇴직자들이 노후생활을 할 정도로 인기가 좋다.

남아공에 거주하는 유럽인들만 수백만 명에 달했다.

영국 식민지의 영향으로, 영국인 거주자가 150만 명으로 가장 많은데, 이 중 정년퇴직자는 30만~40만 명으로 추정된다.

이 밖에 약 4~500만 명의 아프리카 이민자들이 생활하고 있다.

이들은 대부분 도시 슬럼가에 거주하고 있으며 절반 정도가 실업자들이었다.

전체 실업률은 25~30% 수준이고, 대부분 젊은이들이다. 높은 실업률은 빈곤율 증가와 범죄율 증가로 이어져 사회문제로 이어지고 있었다.

"하하! 먼 길 오시느라 수고가 많으십니다."

"하하하! 아닙니다. 저보다 더 바쁘신 분이 회장님이 아니십니까?"

"그런가요?"

"회장님은 전 세계가 주 무대이시지 않습니까? 저야 고작 커피 재배지와 미국만 왔다 갔다 하는데요."

"하여간 잘 오셨습니다. 요즘 닉스커피는 어떻습니까?"

"문을 여는 곳마다 문전성시를 이루고 있습니다. 스타벅스가 선점했던 지역에서도 닉스커피를 찾는 사람들이 더 많아졌습니다. 닉스커피 지점이 있는 도시와 거리마다 저희 닉스커피 컵을 들고 다니는 사람들을 흔히 볼 수 있습니다."

고영환 대표의 말처럼 닉스커피는 올해 들어 더욱 성장세를 구가하고 있었다.

커피 학교를 통한 철저한 직원 관리를 통해서 변함없는 커피 맛을 제공하고 있으며 다양한 나라의 커피를 저렴하게 즐길 수 있었다.

거기에 닉스디자인센터가 만들어낸 독특하고 눈이 가는 디자인이 가미된 매장과 커피 관련 제품들도 큰 인기를 끌고 있었다.

이러한 형태의 운영 방식을 스타벅스가 따라오지 못했다.

"북미 지역은 크게 문제 될 것이 없겠습니다."

"예, 저희를 벤치마킹하려는 매장들이 있을 정도로 인기가 좋으니까요. 올해 일본과 홍콩에도 매장이 들어갈 것입니다. 그리고 ESPN의 도움도 잘 받고 있습니다."

닉스커피는 북미에서의 성공을 의심할 여지가 없었다.

경쟁 상대인 스타벅스보다 매장 수가 적었지만, 매출은 비슷했고 이익률은 월등했다.

거기에 미국 닉스법인 밑으로 들어온 ESPN을 통해서 닉스와 닉스커피의 광고가 나갔다.

광고는 더욱 닉스커피를 친숙하게 만들고 있었다.

"도움이 되었다니 다행입니다. 이곳에 오시라고 한 것은⋯⋯."

남아프리카공화국에 대한 전반적인 상황을 고영환 대표에게 말해주었다.

"충분히 성공할 수 있습니다. 현지 백인 계층이 5백만 명이상이고 유럽에서 건너온 인원도 수백만 명이면 커피와 차의 소비도 상당할 것입니다. 현지에 저희와 같이 체계적인 매장 형태가 없는 점도 유리하게 작용할 것입니다."

사실 닉스커피는 북미를 거쳐 유럽으로 본격적으로 넘어갈 생각이었지만 그 시기를 몇 년 미루기로 했다.

대신 아시아 지역과 아프리카로 발길을 전환한 것이다.

"예, 저도 그 점을 본 것입니다. 이곳의 커피 소비도 점차 늘어날 수 있는 여지가 많습니다. 지금은 남아공이 경제적인 혼란기에 있지만 몇 년이 지나면 점차 안정을 취할 것입니다. 그때가 되면 외국 기업들의 투자와 진출도 활발해질 것입니까요."

내 말은 틀린 이야기가 아니었다.

남아공은 풍부한 지하자원과 함께 다른 아프리카 국가보다 교육 수준이 높았다.

문해율은 전체 인구의 90%에 이르고 인적 자원의 질도 우수하다. 이러한 밑바탕이 투자를 불러들였다.

"하하하! 회장님은 늘 미래를 남들보다 서너 걸음 먼저 내다보시는 것 같습니다. 하긴 미래학자보다도 정확하게 맞추시니까요."

"그렇지는 않습니다. 단지 남들보다 더 많이 돌아다니다 보니 눈에 들어오는 것일 뿐입니다."

"많이 돌아다니시는 것은 맞지만, 회장님처럼 성공하시지는 못하지요. 대한민국의 그 어떤 기업도 북미에서 저희처럼 당당히 선두를 차지하지 못했습니다."

고영환 대표는 자신감이 넘쳐 있었다.

그의 말처럼 닉스와 닉스커피가 북미 지역에서 소비자들에 의해 가장 영향력이 큰 업체로 선정되었다.

"미국에서처럼 이곳에서도 닉스커피의 붐을 일으켜 주십시오. 르완다와 부룬디에서 생산되는 커피와 차를 상당 부분 현지에서 소비해야 합니다."

지하자원이 부족한 르완다와 부룬디에서 커피와 차가 수출에 차지하는 비중은 상당했다.

더욱이 앞으로 커피와 차 농장의 확대를 더욱 추진할 계획이다. 아프리카 현지 소비를 늘려야만 국제시세의 변동에 따른 여파를 줄일 수 있었다.

　"알겠습니다. 미국에서의 경험을 이곳에 쏟아붓겠습니다. 좋은 커피는 어디에서도 통하니까요."

　고영환 대표의 말처럼 품질이 뛰어난 커피는 세계 어디에서도 인기가 있다.

　르완다와 부룬디의 커피 원두는 세계 최고의 품질을 자랑하고 있었다.

　여기에 닉스커피의 노하우가 접목되면 남아프리카공화국뿐만 아니라 다른 아프리카가 국가에도 커피를 충분히 소비할 수 있었다.

Chapter 14

　탐욕이야말로 부도덕한 경제의 근본적인 요소라고 할 수 있다. 이 탐욕의 소용돌이에 빠진 인간은 헤어나지 못한 채 끊임없이 부를 탐한다.

　남아프리카공화국도 정치권력이 백인에서 흑인으로 넘어가자 어느 순간부터 권력욕과 탐욕이 정의를 가려 버렸다.

　흑인 정권이 들어서는 역사적인 날, 절대다수를 차지하는 아프리카 흑인들의 삶이 나아질 것이라고 여겼지만 2년이 지난 지금도 남아공은 큰 차이가 없었다.

남아공의 경제를 쥐고 있는 백인들의 삶은 변함없이 풍요로웠지만, 흑인들도 변함없이 빈곤했다.

흑백 차별이 없어졌다고는 하지만 권한을 가지고 있던 백인들이 만들어낸 법률 제도와 이를 미화시킬 수 있는 도덕률이 남아공 사회를 지배하고 있었기 때문이다.

"흑인들의 빈곤은 미래에도 변함없을 이어질 것입니다."

일주일간 남아공에 머물며 각종 사업을 위해 사람들을 만났다.

"대통령도 흑인이고 정부 관계자들도 흑인들로 많이 바뀌지 않았습니까?"

내 말에 김만철 경호실장은 이의를 달았다.

"사람만 바뀌었을 뿐입니다. 삶의 질을 바꿀 법과 제도는 아직 그대로입니다. 더구나 사람들의 의식을 바꿀 수 있는 교육과 기회가 백인들에게만 집중되어 있습니다. 단지 흑인들이 투쟁에 승리했다는 착각을 할 수 있는 겉포장만 내어줬을 뿐입니다. 포장지 안에 들어 실질적인 알맹이들은 모두 백인이 가지고 있으니까요."

"포장지만 가졌다고요?"

"후후! 그것도 낡아서 바꿀 때가 된 포장지입니다. 현 정부의 인사들이 손에 쥔 포장지로는 아무것도 할 수 없으니까요. 더구나 포장지 안에 조금 남아 있는 부스러기에 욕심

들을 내고 있습니다. DR콩고처럼 위에서부터의 변화가 남
아공에서는 힘들 것입니다."

나의 말에 김만철은 잘 이해가 되지 않는다는 표정이었
다.

그때였다.

탁자에 놓인 전화기가 울렸다.

"여보세요? 잠시만 기다리십시오."

수화기를 들었던 김만철이 나에게 수화기를 건넸다.

"유태민 대표입니다."

닉스코어를 맡고 있는 유태민이었다.

"여보세요?"

—계약을 성사시켰습니다. 두 개의 광산의 인수 금액은
4억 8천만 달러입니다. 추가된 망간 광산은 1억 달러에 합
의가 될 것 같습니다.

"하하하! 수고하셨습니다. 나미비아의 니켈 광산도 잘 부
탁하겠습니다."

—예, 잘 처리하고 보고드리겠습니다.

"그럼, 서울에서 뵙겠습니다."

—예, 편안한 여행 되십시오.

딸각!

예상보다 저렴한 가격에 3개의 광산이 닉스코어의 손에

들어왔다.

물론 저렴한 가격을 위해서 신아프리카투자회사 시릴 라마포사 부회장에게 1천만 달러가 전해졌다.

차기 남아공의 대권을 노리는 라마포사는 정권을 잡기 위해서 상당한 자금이 필요했다.

"계획한 대로 광산을 인수했습니다. 예정대로 출발할 수 있겠습니다."

"하하하! 축하드립니다. 회장님이 하시는 일은 실패가 없으십니다."

내 말에 김만철이 환하게 웃으며 말했다.

닉스코어가 만들어낸 결과물이었지만 그 성사의 절반 이상은 내가 주도했다.

계약의 핵심 결정권자인 라마포사의 마음을 사로잡은 것이 나였기 때문이다.

남아공의 제1의 경제 도시인 요하네스버그에 새롭게 들어선 소빈뱅크의 비밀 계좌가 라마포사의 마음을 이끈 것이기도 했다.

남아공은 아프리카 국가 중에서 가장 개방된 경제를 가지고 있어 외국의 금융기관이 자유롭게 영업 활동을 할 수 있었다.

6백만 명이 살아가는 요하네스버그에 새롭게 설립된 소

빈뱅크는 아프리카에 진출한 닉스홀딩스와 룩오일NY의 핵심 기지 역할을 할 것이다.

"라마포사의 권력욕을 미화시켜 주었을 뿐입니다. 앞으로 그를 통해서 닉스코어를 비롯한 닉스홀딩스 산하 기업들이 남아공에 자리를 잡을 것입니다."

백인들에 이어 흑인 엘리트들도 혼란기를 이용하여 자신의 몫을 챙기려는 모습이 여러 곳에서 보였다.

이들이 받은 교육 또한 공산주의를 이긴 자본주의가 영원히 성장할 것이라는 전제하였다.

성장과 소비를 끊임없이 요구하는 자본주의의 속성이 잘 갖추어진 남아공에서 흑인 엘리트들은 풍요를 소유한 백인들의 그룹에 편입되길 원했다.

세계의 자원이 점점 제한되어 가고 있는 상황에서 부의 이동은 자원의 소유로 결정될 것이다.

앞으로 남아공의 풍부한 자원과 우수한 인적자원, 그리고 잘 준비된 경제 및 사회 인프라는 다른 아프리카 국가로의 사업 영역 확대에 있어 전진 기지 역할을 할 것이다.

이는 닉스홀딩스와 룩오일NY 산하 기업들의 나미비아, 보츠와나, 짐바브웨, 모잠비크, 마다가스카르로의 진출 확대를 말하는 것이기도 하다.

　　　　　*　　　*　　　*

한국으로 들어가기 전 일본에 들렀다.

현지 닉스 매장과 소빈뱅크 도쿄 지점을 방문하기 위해서였다.

한편으로는 블루오션에서 생산된 무선호출기와 핸드폰을 소프트뱅크를 통해서 판매하려는 방안을 논의하기 위해서였다.

이미 블루오션의 협상팀이 도쿄를 방문하고 있었다.

닉스홀딩스는 2년 전 2억 달러를 소프트뱅크에 투자해 5.5% 지분을 확보하고 있었다.

작년엔 다시 소빈뱅크를 통해서 소프트뱅크에 3억 달러를 투자했고, 지분을 13%로 늘렸다.

소프트뱅크는 이 돈으로 1996년 1월 야후와 공동 출자를 통해 '야후! 재팬'을 설립했다.

최대 주주가 야후가 아닌 소프트뱅크이기 때문에 다른 나라의 야후와 달리 야후 재팬은 사실상 소프트뱅크 소속의 독립 법인이다.

블루오션의 제품들은 소프트뱅크에서 먼저 요청한 것이었다.

지분 확보 후 닉스홀딩스 산하 기업 간의 협력이 많아졌고 그중 블루오션과의 거래가 제일 많았다.

블루오션에서 새롭게 개발된 블랙 K1과 레이싱 X1은 눈에 확 띄는 디자인과 젊은 층이 원하는 스타일을 모두 갖추고 있는 핸드폰이었다.

블루오션의 무선호출기를 먼저 수입했던 소프트뱅크는 큰 광고가 없는데도 블루오션의 제품들이 상당수 팔려 나가자 핸드폰으로 영역을 확대한 것이다.

깜찍한 디자인과 색감이 뛰어난 베리 시리즈는 일본 젊은 층에 큰 호감과 인기가 있었다.

무선호출기에 블랙베리, 라즈베리, 크랜베리 등 산딸기의 이름을 가져온 베리 시리즈는 한국에서도 큰 인기를 끌었다.

디자인적인 면에서 한국의 다른 제조 업체가 따라오지 못했다.

그렇다고 성능이나 기술이 떨어지는 것도 아니었다.

신의주에 완공된 블루오션반도체에서 아시아에 공급되는 퀄컴의 통신용 칩을 전량 생산하고 공급하게 되자 일본에서도 블루오션의 브랜드 가치 상승과 기술력을 인정하는 분위기였다.

또한 블루오션반도체에서 생산되는 통신용 칩의 25%는 북미로 수출했다.

"출장은 피곤하지 않으셨습니까?"

도쿄 하네다공항에 한국에서 건너온 김동진 비서실장이 나와 있었다.

"피곤할 새가 없었습니다. 내년을 위해 준비해야 할 것이 많아서요. 한국은 어떻습니까?"

"특별한 변화는 없습니다. 아직 위험 신호를 감지하지 못했는지 다들 덩치를 키우는 데 열심입니다."

"내년 초가 되면 상황을 파악하는 기업이 있을 것입니다. 우린 준비한 대로 움직이면 됩니다."

"예, 말씀대로 철저하게 준비하고 있습니다. 소프트뱅크의 손정의 회장이 회장님을 만나뵙고 싶어 합니다."

"그럼, 오늘 저녁에 만나도록 하지요."

"예, 그렇게 전하겠습니다."

하네다 공항에서 나온 나는 곧장 닉스매장이 있는 신주쿠 거리로 향했다.

신주쿠에 세워진 닉스매장은 5층 건물로 이곳에는 서울처럼 신발을 구매한 손님에게 커피와 차를 제공하기 위한 닉스커피가 들어가 있었다.

전면에 슬램덩크의 주인공들과 시카고 불스의 선수들이 서로를 향해 달려가는 대형 그림이 걸려 있었다.

매장 안에는 실제로 만화와 영화를 교차 편집한 농구 경기가 대형 스크린을 통해 펼쳐졌다.

이 영상은 미국 캘리포니아주 에머리빌에 있는 컴퓨터 애니메이션 영화 스튜디오인 픽사에서 제작된 것이다.

닉스아메리카가 작년 초 픽사에 투자를 했고, 픽사는 1995년에 나온 토이 스토리의 히트로 명성을 얻었다.

애플 컴퓨터에서 쫓겨난 스티브 잡스가 1986년 이 회사를 천만 달러에 사들였다.

픽사는 주로 정부와 의료 기관에 고성능 그래픽 디자인용 컴퓨터인 픽사 이미지 컴퓨터를 판매하는 하드웨어 판매사로 시작했다.

하지만 픽사 이미지 컴퓨터가 잘 팔리지 않아 회사가 재정 위기에 처했고, 존 래세터가 이끄는 애니메이션 부서에서는 컴퓨터 애니메이션 광고 제작으로 위기를 넘기려고 했다.

마블과 DC코믹스를 인수한 미국 법인 닉스아메리카는 픽사의 애니메이션 부서만을 2천5백만 달러에 인수했고, 존 래세터를 제작 책임자로 임명했다.

작년 픽사가 제작한 토이 스토리에 닉스아메리카는 1천6백만 달러를, 디즈니는 1천만 달러를 투자했다.

토이 스토리의 인기는 놀라웠고 전 세계에서 3억 6천2백만 달러의 흥행 수입을 올렸다.

현재 닉스아메리카의 자회사로 편입된 픽사에서는 98년에 개봉할 벅스라이프와 99년에 나올 토이 스토리 2가 만들어지고 있었다.

픽사에서 만든 슬램덩크와 시카고 불스 선수들과의 경기 모습은 일본에서 큰 화제를 몰고 왔고, 닉스매장으로 사람들을 끌어들였다.

매장에 도착하자 넓은 매장 안은 사람들로 붐볐다.

신주쿠의 명물로 자리 잡은 닉스매장에서는 조던 시리즈와 슬램덩크 시리즈를 구매하는 사람들에게 특정 브로마이드를 제공했다.

슬램덩크 시리즈는 일본을 겨냥한 신발이었지만 한국과 북미에서도 인기가 높았다.

"닉스의 변화가 놀랍습니다. 작년 말부터 닉스의 일본 매출이 급격하게 늘어나고 있습니다. 올해는 작년보다 120% 성장했습니다. 연말까지는 150% 이상 매출이 신장할 것 같습니다."

매장에서 기다리고 있던 해외영업부 이사인 최승준이 일본에서의 닉스 현황을 설명했다.

한마디로 붐이라고 말할 수 있었다.

닉스의 인기가 드디어 일본에서도 터진 것이다.

"좋은 소식입니다. 일본 매장은 몇 개나 됩니까?"

"예, 닉스가 직접 운영하는 현지 매장은 14개입니다. 현재 다섯 개 매장이 연말까지 오픈할 예정입니다. 후쿠오카, 구마모토……."

후쿠오카, 구마모토, 히로시마, 센다이, 요코하마에 매장이 새롭게 들어선다. 도쿄를 비롯한 쿄토, 오사카, 나고야는 2개 이상의 매장이 들어가 있었다.

이와는 별도로 미쓰코시백화점에도 닉스가 입점해 있었다.

"음, 이제는 일본 내 매장을 공격적으로 늘려도 괜찮을 것 같습니다. 신의주 공장이 본격적으로 가동되고 있으니 말입니다."

"예, 부서 내에서도 생산량이 받쳐주고 있는 상황을 고려하고 있습니다. 추가로 매장 후보 지역을 알아보겠습니다."

"자, 한번 둘러볼까요?"

"예, 이쪽은 신상품이 진열되어 있는……."

수많은 젊은 남녀가 북적대는 매장 안은 활기가 넘쳐흘렀다.

한국에서처럼 한 켤레가 아닌 서너 켤레를 한꺼번에 구매하는 사람들이 눈에 많이 띄었다.

앞선 디자인과 뛰어난 품질, 거기에 사람을 끌어들이는 광고 효과가 만들어낸 모습이었다.

내가 닉스매장에 머무는 내내 수많은 사람들이 매장을 찾고 있었다.

Chapter 15

　소프트뱅크를 이끄는 손정의와 만나기로 한 약속 장소에 도착했다.

　아기자기하고 고적한 일본식 정원이 멋지게 펼쳐진 전통 요정이었다.

　얼굴에 미소가 가득한 안내원이 우리를 안쪽으로 안내했다.

　방문을 열자 소프트뱅크를 이끄는 손정의가 일어나 나를 반갑게 맞이했다.

　"말씀을 많이 들었습니다. 손정의입니다."

　"처음 뵙겠습니다. 강태수입니다."

올해 39살인 손정의를 처음 만나는 것이다. 그동안 일정이 맞지 않아 만날 기회가 없었다.

"자, 앉으십시오. 저도 일찍 사업을 시작해 지금에야 이 자리에 설 수 있었는데, 강 회장님은 정말 대단하십니다."

손정의는 나를 보자마자 칭찬을 늘어놓았다.

그는 24살에 소프트뱅크를 설립했다.

그리고 15년이 지난 지금 일본에서 인정받는 기업으로 올라설 수 있었다.

하지만 나는 24살의 나이에 이미 거대 그룹을 이끌고 있었다.

"훌륭한 분들과 함께할 수 있어서 그렇습니다."

"아무리 훌륭한 분들이라고 해도 이런 젊은 나이에 큰 기업을 만드신 것은 정말 믿기 힘든 일입니다."

손정의는 내 모습을 보고는 고개를 절레절레 흔들었다.

그는 뛰어난 안목과 미래를 내다볼 줄 아는 인물이었다. 그렇기 때문에 남들이 우려할 정도로 과감한 투자를 단행했지만, 지금껏 실패가 없었다.

손정의는 자신이 세운 인생 50년 계획에서 20대에 이름을 알린다는 목표를 세워 소프트뱅크를 20대에 창업했고, 30대엔 사업 자금을 모은다는 계획을 세웠다.

그는 목표대로 소프트뱅크를 1996년 장외시장에 상장했고, 올해 야후에 투자하여 야후 재팬을 설립했다.

앞으로 진행할 계획은 40대에 큰 승부를 거는 것이었다.

40대에는 초고속인터넷을 도입했고, 일본의 3위 통신 회사인 보다폰 K.K를 인수해 큰 성공을 이루었다.

어려움도 있었지만 그런 과감한 투자로 인해 소프트뱅크는 일본 내 명실상부한 최고의 IT 기업으로 우뚝 섰다.

하지만 지금 15년간 손정의가 걸어온 길에 삼분의 일밖에 안 되는 내가 더 큰 성공을 이루고 있었다.

"운도 따라주었지만, 저 또한 손 회장님처럼 밤낮없이 일만 해왔습니다."

"세상에는 천재가 많은 것을 이룬다고 하는데 정말이지 강 회장님은 천재를 넘어 경영의 신에 올라선 것 같습니다. 강 회장님은 이미 제가 하고자 하는 것들을 이루신 것 같습니다."

손정의는 닉스가 미국에서 인수한 회사들을 알고 있었다.

처음에 손정의는 만화를 제작하는 출판사와 스튜디오에 거액을 투자하는 것을 이해하지 못했다.

하지만 지금 닉스가 미국에서 인수한 회사들의 캐릭터와 부가 상품을 통해 막대한 수입을 올리는 것을 보았다.

닉스뿐만 아니라 블루오션도 현재 DC코믹스와 마블코믹스, 그리고 픽사가 만들어낸 토이 스토리 캐릭터를 이용한 제품을 출시할 예정이다.

"하하하! 과찬이십니다. 소프트뱅크도 큰 성공을 이루고 계시지 않습니까?"

새롭게 설립한 야후 재팬도 순탄하게 시장에 진입했다.

소프트뱅크는 올해 장외시장에 주식이 등록되었다.

그리고 1999년 1월에 2부 시장을 거치지 않고 곧장 1부 시장에 진입하는 일본 최초의 기업이 된다.

그때 상장 초 가격은 3,700엔이었지만 1년이 지나지 않은 12월에 61,500엔으로 16.5배나 상승한다.

인터넷 버블 때 손정의는 자신이 가진 40%의 소프트뱅크 지분을 통해 일주일마다 1조 엔(10조)씩 재산이 늘어났다.

하지만 인터넷 버블이 붕괴되었을 때의 소프트뱅크 주식은 1년 동안 100분의 1로 떨어졌다.

"물론 제가 계획한 대로 일은 진행되고 있습니다. 하지만 강 회장님에 비하면 더 열심히 일해야겠다는 생각이 듭니다. 앞으로도 저와 소프트뱅크에 많은 도움과 협력을 해주시길 바랍니다."

손정의는 말을 마치자마자 나에게 정중히 고개를 숙였다.

갑작스러운 그의 행동에 나 또한 고개를 빠르게 숙였다.

"도움은 저희도 받고 있습니다."

"닉스홀딩스의 도움이 아니었다면 야후 재팬이 쉽게 만

들어지지 못했을 것입니다. 그리고 지프 데이비스와 컴덱스 또한 인수하지 못했겠지요. 그때의 도움은 늘 감사하게 생각하고 있습니다."

지프 데이비스의 전시회 부문과 최대 컴퓨터 전시회 컴덱스 인수를 통해서 소프트뱅크의 지명도가 상승했고, 소프트웨어 판매에도 큰 영향을 주었다.

"아닙니다. 저희도 이익을 내다보고 투자를 결정한 것입니다."

"하하하! 그렇다면 정말이지 선견지명을 가지신 것입니다."

"하하하! 그런가요?"

"물론이지요. 소프트뱅크가 닉스홀딩스에 큰돈을 벌어줄 것입니다."

손정의와 나는 말이 잘 통했다.

음식이 나왔지만 나와 손정의는 음식보다는 사업 이야기에 정신을 쏟았다.

미래에 대한 투자에서도 손정의가 추진하는 초고속인터넷 사업은 앞으로 소프트뱅크를 더 크게 만들어줄 사업이었다.

"닉스홀딩스는 언제든지 소프트뱅크에 투자할 용의가 있습니다. 지금 말씀하신 사업들도 향후 발전 가능성이 무궁무진한 사업입니다."

"예, 사업을 하려면 적어도 시장의 60%를 점유해야 성공할 수 있습니다. 선제적이고 과감한 투자야말로 성공을 이끄는 지름길입니다."

손정의 냉철한 분석력과 과감한 실행력을 발휘해 거대한 수익을 창출하는 투자와 인수·합병을 해오고 있었다.

투자 당시에는 인수 가격이 너무 높아서 시장에 부정적인 견해가 지배적이었지만, 5~10년 후에는 어느새 성공적인 거래로 밝혀지곤 했다.

손정의는 미래를 알면서 투자하는 내가 따라 할 수 없는 동물적 투자 감각을 지니고 있었다.

나는 그와의 식사 자리에서 많은 이야기를 듣고 나누었다.

앞으로 닉스홀딩스와 소프트뱅크와의 협력과 투자를 더욱 강화하기로 했다.

헤어질 때 순풍은 자만심을 부르고 역풍은 성장을 자극한다는 그의 말을 가슴에 품고서 숙소로 돌아왔다.

소빈뱅크 도쿄 지점 또한 새로운 전산망을 구축했다.

도쿄 외환시장과 주식시장은 소빈뱅크에게 이익을 창출하는 시장이었다.

일본 기업들의 흐름을 알고 있는 나의 도움으로 소빈뱅크는 주식투자에서도 큰 이익을 내고 있었다.

"닛케이 평균 지수는 버블 당시 3만 9천 포인트였습니다. 작년까지만 해도 1만 7천~1만 9천 포인트 전후로 움직였습니다. 하지만 올해 들어와 2만 포인트를 돌파한 후 2만 2천 포인트에 머물고 있습니다."

소빈뱅크 도쿄 지점을 맡고 있는 데이비드 최의 말이었다.

그의 말처럼 일본 주식시장이 다시금 움직이고 있었다.

과거 최고치의 절반 수준은 회복한 지금, 반값 회복이라는 말과 함께 주식시장이 안정 회복권으로 들어서고 있었다.

91년 버블이 꺼지고 난 후 1만 포인트 아래에서 2만 2천 포인트까지 올라서기까지 6년이 걸린 것이다.

"음, 일본 경기가 살아나고 있는 건가?"

"예, 일본 정부가 올해 2월에 경기회복 선언을 공식적으로 했습니다. 주식거래량도 늘어나고 3년 동안 지속되던 엔고도 달러당 105엔으로 낮아졌습니다. 주식시장과 외환시장이 안정세를 보이자 실물경제도 서서히 긍정적인 신호와 함께 개인 소비도 늘어나고 있습니다. 전국 백화점 매출과 기업들의 설비투자도 다시금 증가……."

일본의 경기는 서서히 살아날 기미를 보였다. 이러한 현상에 닉스의 매출도 덩달아 빠르게 늘어나고 있었다.

버블 붕괴 이후 중단되었던 자동차와 반도체, 그리고 제지 펄프 분야까지 설비투자가 늘어나고 있었다.

거기에 주택 건설도 연간 150만 가구로 회복되었다.

"내년까지 성장이 이어질 것으로 보나?"

"현재의 성장은 일본 정부의 재정투자에 기인한 것으로 보이기는 합니다. 재정투자가 중단되면 현재의 분위기가 가라앉을 수도 있다는 의견도 있습니다. 그리고 현재 소비세를 3%에서 5%로 인상하려는 정부의 의도가 경기회복에 찬물을 끼얹을 수 있는 요인으로 보기도 합니다. 하지만 여러 가지 상황을 고려해도 실물경제가 회복되고 있기 때문에 착실한 회복 국면은 지속될 것으로 보입니다."

데이비드 최는 현재 일본의 경제 상황을 알기 쉽게 설명했다.

"만약 내년에 외부적인 충격이 가해진다면 일본 경제는 어떻게 되나?"

내년에 시작되는 아시아 금융 위기는 일본에도 큰 영향을 주었다.

이미 소빈뱅크 금융센터에서는 아시아 금융 위기에 따른 비밀 보고서가 작성되어 각 금융센터로 전해졌다.

"버블 붕괴 후 거액의 손실이 발생한 금융기관들이 위험해질 것입니다. 거액의 손실과 부실 채권을 가지고 있는 일본 금융기관이 적지 않습니다. 주식시장과 경기가 후퇴하는 일이 발생하면 파산할 은행과 증권사들이 제일 먼저 나타날 것입니다. 그들이 안고 있는 부실 채권은……."

"그럼 지금의 투자 형태를 바꾸어야 할 것 같은데."

"그렇지 않아도 내년을 대비하여 대형주에서 중·소형주의 형태로 포트폴리오를 재정비하고 있습니다. 경기 회복이 이루어지고 있지만, 개인들의 소비는 크게 늘지 않은 상황에서 아시아의 충격 여파가 일본에 전해지면……."

소빈뱅크 일본금융센터는 올해 중순부터 대기업 위주에서 저가 제품을 판매하는 업체와 시대를 앞서는 제품군, 그리고 해외 진출에 성공한 기업에 투자했다.

현재의 다이소와 같은 저렴한 가구를 판매하는 니토리와 하이마트처럼 대형 가전 양판 체인점을 운영하는 야마다전기, 정밀 소형 모터를 생산하고 해외 진출이 활발한 일본 전산, 일반 렌즈와 SLR 카메라용 렌즈 제조 업체인 타므론 등 아시아 금융 위기와 경제 침체에 대항할 수 있는 투자가 이루어졌다.

이 회사들은 향후 5~14배의 이익을 가져다줄 것이다.

*　　　*　　　*

한국으로 돌아오는 비행기에 올라탔다.

일본에서의 사업들은 탄탄대로였다.

손정의와 만남 후 소프트뱅크에 5억 5천만 달러를 추가로 투자해 지분을 25%로 늘리기로 했다.

소프트뱅크는 이 돈으로 초고속인터넷 사업에 박차를 가할 것이다.

앞으로 2년 후 닉스홀딩스는 소프트뱅크의 주식 상장을 통해서 17배의 투자 수익을 올릴 것이다.

닉스의 선전도 예상보다 놀라웠다.

픽사의 선보인 애니메이션 광고 효과가 예상 밖의 큰 호응을 불러온 결과이기도 했다.

오로지 닉스매장에서만 방영되고 있는 슬램덩크 연합팀과 시카고 불스 선수와의 경기 모습을 보기 위해 매장을 찾는 인원이 점점 늘어나고 있었다.

그와 더불어서 매출도 상대적으로 늘어났다.

일부러 홍콩과 한국에서 일본까지 건너와 슬램덩크 시리즈를 사 가는 사람들도 생겨났다.

폭발적인 호응에 일본 매장의 스타일을 한국과 홍콩에도 설립하기로 결정했다.

"음, 닉스는 이제 걱정할 것이 없겠습니다."

영국의 맨체스터 유나이티드 FC의 인수로 유럽에서의 닉스 호응도가 크게 상승했다.

앞으로 프리미어리그의 인기가 커질수록 전 세계 축구팬

들은 닉스의 상표를 부착된 유니폼을 입고 뛰는 맨유 선수들을 더욱 보게 될 것이다.

올해 말부터 ESPN을 통해서 미국과 아시아에도 프리미어리그가 중계될 예정이다.

ESPN은 프리미어리그 중계권은 물론이고 해외 중계권까지 30년간 5억 달러에 계약했다.

거기에 해외 판매권을 재판매할 수 있는 권한을 위해 1억 달러를 추가로 지급했고, 판매 이익금의 10%를 프리미어리그 사무국에 지급하기로 했다.

6억 달러에 달하는 막대한 중계권료 지급은 사람들을 어리둥절하게 만들었다. 아직은 프리미어리그가 세계적인 인기와 명성을 얻지 못하고 있었다.

하지만 프리미어리그는 2016~2019년 시즌까지 영국 내 중계권료가 3년간 51억 4,000만 파운드(약 7조 9천2백억 원)이었고, 해외 중계권료는 30억 파운드(약 4조 6천2백3십억 원)의 거액으로 상승했다.

미국 내 중계권료도 NBC가 2016년~2022년까지 10억 달러에 계약했다.

이것은 현재보다 수십 배로 상승한 가격이다.

"닉스는 세계적인 브랜드로 우뚝 설 것입니다. 아니, 이미 올라섰다고 볼 수 있습니다."

내 말을 들은 김동진 비서실장이 대답했다.

"예, 일본 판매장을 보면서 저도 확실히 느꼈습니다. 깐깐한 일본인들에게 인기를 받는다는 것은 쉬운 일이 아니니까요. 이젠 한국과 아시아에 다가오는 먹구름에 집중할 때입니다."

말을 마치고 창밖을 내려다보았다.

구름 한 점 없는 날씨 때문에 비행기 아래로 대마도와 함께 대한해협이 훤히 보였다.

어두운 먹구름은 중남미를 거쳐 동남아시아로 넘어오고 있었다.

그 징조는 태국에서 먼저 일어났다.

태국 금융기관들이 대규모의 대손손실(대출금 따위를 돌려받지 못하여 손해를 보는 일)에 직면하는 사태가 서서히 발생하기 시작했다.

『변혁1990』 31권에 계속…

초대형 24시 만화방

신간 100%, 샤워실, 흡연실, 수면실(침대석), 커플석, 세탁기 완비

■ 광명 광명사거리역점 ■

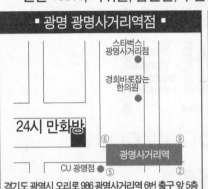

경기도 광명시 오리로 986 광명사거리역 6번 출구 앞 5층
02) 2625-9940 (솔목타워 5층)

■ 강북 노원역점 ■

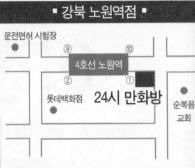

서울 노원구 상계동 340-6 노원역 1번 출구 앞 3층
02) 951-8324 (화용빌딩 3층)

■ 일산 정발산역점 ■

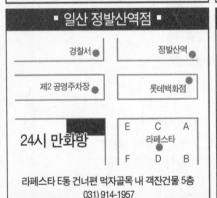

라페스타 E동 건너편 먹자골목 내 객잔건물 5층
031) 914-1957

■ 일산 화정역점 ■

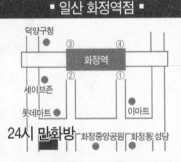

경기도 고양시 덕양구 화정동 984번지 서일빌딩 7층
031) 979-4874 (서일사우나 건물 7층)

■ 부천 역곡역점 ■

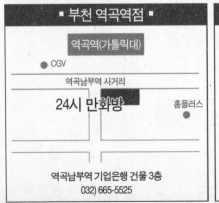

역곡남부역 기업은행 건물 3층
032) 665-5525

■ 부평역점 ■

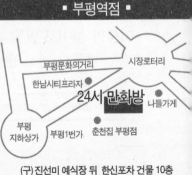

(구) 진선미 예식장 뒤 한신포차 건물 10층
032) 522-2871

FUSION FANTASTIC STORY

SOKIN 장편소설

재벌 작가

달동네에서도 가장 끄트머리 반지하 월세방.
그곳에서 엄마와 단둘이 살고 있는 꼬마가 가진 것은
누구보다 위대한 재능이었다.

"저라면 가능합니다."
**"어떤 작가보다 많은 문학적 업적을 남기고,
더 큰 성공을 거둘 테니까요."**

전 세계에서 가장 많이 팔린 책 리스트.
이곳에 이름을 올릴 책의 작가가 될 남자, 이우민.

그의 이야기가 지금 시작된다!

Book Publishing CHUNGEORAM

유행이 아닌 자유추구
WWW.chungeoram.com

FUSION FANTASTIC STORY

박선우 장편소설

스크린의 별

비호감을 불러일으킬 정도로 못생긴 외모를 가진 강우진.

우연히 유전자 성형 임상 실험자 모집 전단지를
발견한 그는 마지막 희망을 걸고
DNA를 조작하는 주사를 맞게 되는데……

과거의 못생겼던 강우진은 잊어라!

세상에서 가장 아름다운 사나이.
그가 만들어가는 영화 같은 세상이 펼쳐진다!

Book Publishing CHUNGEORAM

유행이 아닌 자유추구 -
WWW.chungeoram.com